安積采女と万葉集

七海皓奘

歴史春秋社

安積国造神社（福島県郡山市清水台）境内に立つ「あさかやまの歌」碑
平成三十年十月、大伴家持生誕千三百年・あさかやま木簡発見十周年記念として建立された。「和歌の母」とされる（『万葉集』　巻十六・3807）。
書、遠藤乾翠（墨林書道院会長・産経国際書会常務理事・凡部大臣奨励賞）
当碑の上の白く見える部分は、郡山市街から見える「奥羽山脈」安積山の山並が刻まれている。（石工：山好佐藤石材店　名工・佐藤達好氏）

「安積親王（あさかのみこ）」の京都府相楽郡和束町にある「聖武天皇皇子安積親王・和束墓」の陵前に建つ宮内庁による掲示版

あさかやま　影さへ見ゆる　山の井の
浅きこころを　わが思わなくに

（『万葉集』巻十六・３８０７）

序

私は、文学や歴史の専門家ではありませんが、わが国最古の歌集『万葉集』に惹かれて三十年余になりました。この度「**安積采女**（あさかうねめ）**と『万葉集』**」なる大それた上梓の運びになりましたのは、奇遇ともいうべき誠に有難いご縁によるものです。その方とは、わが母校（安積高校）の大先輩であり、人生の師ともなりました今は亡き今泉正顕先生、そして、もうひと方は「あさかやまの歌・木簡」発見者であり現大阪歴史博物館名誉館長であられる栄原永遠男（とわお）先生との出会いでした。勿論これまでにお世話になった方は大勢いらっしゃいますが、当書出版に関し最初に挙げさせて頂くお二人です。

時あたかも、二〇一九年五月より、わが国は「**令和**」の新時代を迎えました。ご承知のように当元号「令和」は、「国書」として初めて『万葉集』から採用されました。ここに改めて「奈良・天平の時代」に思いをはせ、現代に蘇った新時代の象徴としての意義を心に深くとどめると共に、また、この機会に『万葉集』の数ある歌の中で、最も後世に伝えたかった歌とは何であったのか、などを確かめたいとも願っておりました。この謎は、以前から気になっており、先の今泉先生と共に考察すべき課題だと話しておりました。それは、遠い昔、わが故郷・安積郡（現福島県郡山市広域圏）の「**安積采女**」という聡明な女性が詠んだとされる『万葉集』巻十六・３８０７に載る、次の歌が伝えられていたからです。

あさかやま　影さへ見ゆる　山の井の　浅きこころを　わが思わなくに

この歌は、当時巡察使として奈良の都から訪れていた**葛城王**（後の橘諸兄）に「前の采女」が献上した歌とされ、それはやがて重大な歴史を刻むことになりました。その証の一つに、当歌は、勅撰和歌集（天皇・上皇の命による権威ある国書として）の、その最も代表格である『古今和歌集』および『新古今和歌集』の「序」文において、『万葉集』は「和歌の源」であり、なかでも「あさかやまの歌」は「和歌の母」「和歌の手本とすべき歌」と称賛されていたことです。また詠まれた「あさかやま」の地「安積郡」は、「安積の芳躅（素晴らしい先人の行跡や事蹟）を訪ね」とまで推奨、「あさかやま」は以後「**歌枕**」として、後の時代の人々の憧れの地となって多くの歌や物語が作られてきました。「あさかやまの歌」は、まさに「和歌の母・文学の母」として『万葉集』第一の麗歌であったのです。

『万葉集』は、また**大伴家持**（718~785）編纂とされる第一級の和歌集でありますが、同時にそれは、家持による一貫した「歌に託して纏められた奈良・天平時代の壮大な**歴史書・叙事詩**」であったことです。その中でも最も重要な個所の一つに、「あさかやまの歌」の発句が基となって命名されたと推定される、聖武天皇の皇子「**安積親王**」のご誕生とその生涯にあります。親王は、次期天皇に擁立された方でありましたから、「安積」の名は全国に広く知れ渡りました。しかし、親王は悲しい運命を辿ることになります。これは重大な国家的大事件でしたが、その真相もいつしか遠い歴史の中に埋もれてしまっていました。

ところが、平成二十年（２００８）五月二十二日、滋賀県甲賀市信楽町・紫香楽宮跡に於いての、驚くべき発見のニュースが飛び込んできました。この地で発掘された木簡（古代、文字を書き記すために用いた木の札）の中に「あさかやまの歌」が「**万葉歌・歌木簡**」として史上初めて公開・発表されたのです。この「紫香楽宮の歴史」部分については、発見者の**栄原永遠男**先生から『**よみがえらそう紫香楽宮**』（甲賀市教育委員会）の一部をご寄稿頂きましたので、当書に掲載させて頂きました。これらから、当時の政治的背景、権力闘争などの実態が明らかになり、歴史的記録としての「あさかやまの歌」と「安積親王」との関わりなどが、かなり見えてまいりました。安積親王の内舎人・教育係であった大伴家持との深い絆、その折々の厚い思いなどが、改めて切々と伝わってもきました。過ぎ去った歴史を変えることはできませんが、もしこの時、親王が皇太子になられ、天皇としての時代が訪れていたなら歴史はまた大きく変わっていたことでしょう。しかし、今回の発見、また「令和」によって、『万葉集』は、再び生命を得たように存じます。当書は「歌に託された真の歴史書・叙事詩」としての新しい視点をもって述べています。

私には、特にわが人生の師であり、地方文化の大功労者であって、臨終の間際まで「安積」に深い愛情を注いでこられた故**今泉正顕**先生の遺稿「**知られざる悲劇の万葉歌人・大伴家持**」と共に、共著として出版させて頂くことができましたことは、この上ない名誉なことであり、ここに改めて先生の御霊に心からの感謝と報恩を捧げるものです。

令和三年七月

著　者

目次

あさかやまの歌と安積親王　七海晧奘（編纂）　31

『よみがえらそう紫香楽宮』　栄原永遠男（寄稿）　85

知られざる悲劇の万葉歌人・大伴家持

―なぜ歌を忘れた歌人になったのか―

今泉正顕（遺稿）

『万葉集』の代表的歌人・大伴家持の名はよく知られている。この歌人に対する一般のイメージはどうだろうか。たぶん多くの方々は

あおによし　奈良の都は　咲く花の　薫ふがごとく　今盛りなり

（巻三・小野老朝臣）

と『万葉集』に詠まれたように、華やかな宮廷社会で、大変優美な〝万葉ロマン〟に明け暮れた、恵まれた生涯を送った宮廷歌人であったと思われるに違いない。

私も『万葉秀歌』の本を見てそう思っていた。ところがある動機から大伴家持を調べてみたら、非情に悲劇的な運命をたどった気の毒な大歌人であることがわかった。

たしかに、『万葉集』の編纂を依頼されるだけあって、歌作りは上手だ。天皇や権力者を礼讃するゴマスリの歌も多い。そして自然の情景や男女の恋心を抒情的に詠みこむ技術も卓越している。

その歌人がなぜか、後半の人生で一つも歌を作らなくなってしまう。西条八十の童謡「歌を忘れたカナリヤ」になってしまうのだ。四十歳を過ぎた後半生の勤務先も、なぜか都の遠隔地へ左遷また左遷である。最後は陸奥国の国府のある多賀城（宮城県）で亡くなっている。享年六十八歳。それだけで終わっていないのだ。遺体は奈良の都に運ばれるが、折から起きた「藤原種継暗殺事件」の首謀者と見なされ、名誉剥奪、葬式・埋葬の禁止、その上全財産は没収されてしまう。そ

の中には彼が長い間苦労して編纂してきた『万葉集』全二十巻の原稿もあった。それが朝廷の倉庫に入れられたままで『万葉集』が日の目を見るのは、桓武天皇が亡くなり、平城・嵯峨天皇の代になってからである。

〝万葉ロマン〟の陰に、こんな悲惨な末路を迎えた歌人がいたことを不勉強の私は知らなかった。おそらく今の若い方々も『万葉集』の秀歌の陰にあった、こんな歴史を知る人は少ないであろう。歌人や国文学者は知っていても、歌の鑑賞にだけ力をそそぎ、それに触れることを避けてきたとしか思えない。

『万葉集』の時代は、〝万葉ロマン〟とか、天平文化とか大変豊かで恵まれていた時代のように思われていたが、この大伴家持の生涯をみてもおわかりの通り、天皇を中心に権力闘争の渦巻く壮絶な社会が背景にあったのである。

■家持の歌のお陰で『万葉集』北限の地が消えた

私がなぜ大伴家持を調べる気になったのか。その単純な動機から述べよう。

一つは、奈良の大仏を造立中に陸奥国から金が出て献上されたことはご存じだと思う。越中富山の国司をしていた大伴家持は、早く都に戻してもらいたい願望もあってか、聖武天皇にゴマスリの祝歌を捧げた。『万葉集』にある有名な歌である。

天皇（すめろき）の　御代栄えむと　東（あづま）なる　陸奥山に　黄金花咲く
（巻十八・大伴家持）

実は、この歌のために、私たちは大変迷惑をしている。その理由はこうだ。『万葉集』四千五百余首の歌は、儀礼歌、恋歌は別にして、大半は宴会の席か、出かけた現地で詠まれた歌が多い。その意味でいえば『万葉集』の実際に現地に来て詠んだ東日本の北限は福島県になると思う。（※家持が越中守としての赴任時点で）

福島県は岩手県につぐ面積の大きな県で、地勢的、気候風土も三つに分かれる。太平洋岸は浜通り、新幹線の通る中央部は中通り、それに会津地方の三つだ。その三方部に浜通りに三つ、中通りに三つ、会津に一つ、計七つの歌が『万葉集』に収録されている。

当時、大和・奈良朝時代にはじめられた蝦夷征伐は、同じ陸奥の国にでも、福島県あたりまでが支配下で、現在の宮城県はようやく半ばまで制圧して、陸奥の国府を多賀城に造営中であった頃だと思われる。したがって当時としては福島県までが占有した北限と言ってよかった。

大伴家持との関連があるので、一つだけ私たちの郡山市にある万葉歌を示そう。

安積香山　影さへ見ゆる　山の井の　浅き心を　わが思わなくに

右の歌は、伝え言へらく、葛城王の陸奥国に遣はさえし時、国司の祇承（しじょう）ふること緩怠（おおらか）にして異に甚し。時に、王の意悦びず、怒りの色面に顕れ、飲饌を設けしかども、あえて宴楽せざりき、ここに前の采女あり、風流びたる娘子なり。左の手に觴を捧げ右の手に水を持ち、王の膝を撃ちて、この歌を詠みき。すなはち王の意解け悦びて、楽飲すること終日なりきといへり。

（巻十六・由縁ある雑歌）

―佐佐木信綱『新訓万葉集　下巻』岩波文庫―

少し補足させてもらう。この歌を詠んだ「采女」というのは、地方豪族が服従した証に、自分の娘、もしくは妹を天皇の側に仕える女官として、三年の任期で献上された女性のことである。中国の後宮制度のまねである。それぞれの土地の名をつけて呼ばれた。彼女の場合は安積郡からの献上なので「安積采女」といわれた。

視察に訪れた按察使の葛城王も実在の人物で、母の県犬養三千代が天皇から功労によって与えられた「橘」の姓を継ぐために、臣籍に降下して橘姓を名乗り、橘諸兄と改名した。のちに現在の総理大臣にあたる左大臣になった。

『万葉集』の編纂を大伴家持に命じたのは、この葛城王であった橘諸兄である。この「安積采女」の歌も、若いときから親しかった大伴家持に記録して渡したものだろう。

この「安積采女」の歌は、中世の歌学界の第一人者紀貫之や藤原俊成が、その著書で、これから歌を学ぶ人にとっては、歌の父・歌の母といってよい教本になる歌だと絶賛している。この「安積采女」の歌の後日譚の伝説があり、それを基に郡山市では毎年夏に「采女まつり」を開き、奈良市では中秋の名月の日に、采女が入水したと伝えられる猿沢の池のほとりで、やはり「采女まつり」が開かれ、この二つの祭りの交流が縁で、郡山市と奈良市は姉妹都市を締結している。

そのような背景から、私たちは『万葉集』北限の地に万葉植物園を作ろうという運動を起こし、市内「緑水苑」の協力を得て「郡山万葉植物園」を併設した。

問題はそのパンフレットの語句である『万葉集』北限の地と書いたために、訪れた万葉集愛好家は、必ず「北限は砂金のとれた宮城県涌谷町です。大伴家持が金が出た喜びの歌を聖武天皇に献上したではありませんか」そんなことも知らないのかと、さげすんだ目で見られる。そのたびに「あの野郎のゴマスリ歌のために、非常に迷惑している」と叫びたくなるのがしばしばだった。『万葉集』関連の本は、ほとんど北限はこの家持の歌のある宮城県と誌している。私などは素人だから、越中富山の国司の時代に作ったのだから、越中時代の作歌の中に入れてよいのではないかと思っている。

■ゴマスリ歌の上手な大伴家持という男はどんな人物か

それにもう一つ、大伴家持を調べてみたいと思ったのは「海行かば」の歌だった。昨年は「戦後六十年（※ 今泉先生原稿執筆時・平成十八年〈２００６〉）」ということで、激動の昭和史の本がたくさん出された。テレビ・ラジオのメディアでも、太平洋戦争の回顧の番組がいくつも放送された。なかには当然この「海行かば」のメロディーが挿入されているのがある。忘れていた戦争の悪夢を再び思い出させる歌である。戦後生まれの方々はご存じない方が多いと思う。歌そのものは信時潔の作曲だけに、悲愴感が漂い、戦死者を弔うにはうってつけの名曲であったと思う。ただ歌の作者が、あのゴマスリ歌の名人・大伴家持であったことだ。『万葉集』巻八にある長歌の中にある一節である。

海行かば水漬く屍（かばね）　山行かば草むす屍　大君の辺にこそ死なめ　顧みはせじ

天皇の命令ならば、海であろうが山であろうが喜んで戦って死にます。自分の一身のことは考えたりしませんという忠節を天皇に宣明した歌だ。私たちが旧制中学の下級生の頃は、まだ戦死者の数も少なく、ふるさとに遺骨が届くという報せが入ると、この「海ゆかば」の曲を聴きながら、遺族と共に整列させられて駅頭で迎えたものだった。

太平洋戦争で死んだ戦死者は三〇〇万人だと言われる。この三〇〇万人の英霊たちは、どんな思いでこの「海ゆかば」を聴いたのだろうか。もちろん、万葉時代に作られた歌だから、大伴家持に責任はない。彼自身も一三〇〇年後に自分の歌がこのように使われるとは思ってもみなかっただろう。それにしても、このような天皇へのゴマスリ歌があったために、あとあとまで周りに大きな影響を与えたのである。

そんなわけで、またまたゴマスリ歌の名人・大伴家持を思い出してしまったのである。しかし、実際の大伴家持とはどんな男だったのか、どんな生涯を過ごしたのか、自分で調べてみたくなったのである。

■大伴家持が歌人になる環境は大宰府で作られた

「万葉の歌人」として有名な大伴家持だけに、彼の秀歌についての解説や鑑賞の手引きになる本はたくさん出ている。したがって彼の歌については、必要の範囲内で引用するだけで歌全体についてはは述べない。主体はあくまで彼がどんな生き方をしたか、その生涯の歴史を追いかけることである。

家持は養老二年（718）、天皇の警護を司る武門の名家大伴旅人の長男として生まれた。彼が天皇礼讃歌を作り、私に「ゴマスリ歌人」と言われるのも、もともと天皇の親衛隊としての家柄・伝統が背景にあったためだと思われる。しかし、武門の名家大伴氏も四代目の家持の父・旅人あたりから、少しずつ地盤沈下になっていったようだ。

（※ 大化改新以降の藤原氏の台頭である。）

神亀四年（727）、父旅人は九州大宰府の長官である大宰帥に任じられた。後の代の、菅原道真が大宰府に左遷された例をみておわかりの通り、大宰府にやられるのは必ずしも出世コースのポストではなかった。この頃、旅人の正妻には子がなく早く亡くなったので、家持は妾腹（※ 実際は盟友の多治比氏の娘）の子で、後妻に入った大伴郎女（いらつめ）に育てられた。大宰府には一家で赴任した。家持十歳の時である。

翌年夏、後妻の大伴郎女が病気で死んでしまった。旅人はひどく落胆し、たまたま筑紫の国司で来ていた山上憶良と、歌づくりに励んで気をまぎらわせていた。しかし、旅人は生活の不便、家持の養育もあってか、異母妹の坂上郎女（さかのうえのいらつめ）を筑紫に呼んだ。彼女は初め穂積皇子に嫁いだが間もなく皇子が薨じ、その折以前から見初められていた藤原麻呂と再婚するが麻呂とは心通わず離別、次に異母兄にあたる大伴宿奈麻呂と再婚し、坂上大嬢と坂上二嬢を産んだ。だが夫・宿奈麻呂も神亀元年（７２４）に亡くなり、都で暮らしていた。

旅人にとっては家庭の事情のためにも、また、山上憶良たちとの筑紫歌壇のためにも、彼女が筑紫に来ることは好都合であり強く望んだ。ところで、坂上郎女は万葉の女流歌人として『万葉集』に一番多くの歌を残している。家持が後に、この坂上郎女の娘・大嬢と結ばれるようになるし、育ての親であったから、それなりの配慮をしたのだろう。

家持が万葉の代表的歌人になっていく原点は、この筑紫歌壇で父・旅人、山上憶良、叔母の坂上郎女たちと知りあって、その影響を大いに受けたからに違いない。幸いにして、天平二年（７３０）、旅人が病気がちであることを察して、朝廷はその年の十二月、旅人を大納言に昇格して奈良の都に戻した。

（※この内示の下った同年正月に旅人が催した「梅花の宴」こそ、この度の「令和」の原点となった所である。今泉先生が今にあれば、どれ程歓喜されたことでありましょう。）

■大伴家持は宮内少輔になり、越中の国司に栄転した

天平三年（731）正月、旅人の一家は佐保の自宅で新年の宴を催すことができたが、七月、父・旅人は病死してしまった。家持が数え十四歳の時である。都には戻ったものの政情不安は続いていた。聖武天皇が即位したのが神亀元年（724）で、旅人、家持らが筑紫に赴任したのが神亀四年（727）、この年実力者藤原不比等の娘で天皇の夫人になった安宿媛が基王を産んだ。藤原一族は、不比等の遺言として基王を次の天皇にさせるべく、すぐに皇太子に立てた。しかし、その基王も翌年の神亀五年（728）九月に亡くなってしまう。だが、同年十月、聖武天皇の第二夫人・県犬養広刀自のもとに男児「安積親王」が誕生した。その安積親王が長ずるにつれ優れて評判がよくなっていった。あわてた藤原一族は、安積親王を病気という名目にして毒殺してしまった。親王十七歳の天平十六年（744）の閏一月十三日のことである。

（※この間のことは、当書において特に重要な場面ですので、その後のことも含め、後に詳しく、私の小論で述べます。）

聖武天皇は、正室・安宿媛を「光明皇后」とし、彼女との間に生まれた娘・阿倍内親王を皇太子とするのである。少し遡るが、皇后は臣下の娘ではなれない。皇族の娘でなければならないと反対し、かつ安積親王をいち早く擁立したのが、左大臣・長屋王であった。長屋王を、にがにがしく思っていた藤原不比等の四人の息子たち（武智麻呂・房前・宇合・麻呂）は朝廷の主要な役職

についていたことから、彼等は、長屋王に反逆の意志ありと騒ぎ立て、長屋王の屋敷を取り囲み、長屋王を自殺に追い込んでしまった。「長屋王の変」である。旅人や家持が都に戻る前年、藤原一族の計略通り、長男の武智麻呂は大納言になり、問題の光明子は皇后になっていたのである。

だが、因果応報というべきか、天平九年（737）折りから流行した天然痘に罹り、藤原四兄弟はつぎつぎに死んでしまった。そのため家持と歌仲間の文化人、あまり政治力のなかった橘諸兄が急に右大臣に抜擢され、家持も諸兄のお陰で内舎人という官職につき、叔母の娘・坂上大嬢とも結婚することができた。

天平十一年（739）橘諸兄は左大臣になり政権を握ったが、ブレーンの留学僧・玄昉と学者の吉備真備を重く用いたため、それは邪道であると九州筑紫にいた藤原広嗣が反乱を起こした。藤原勢力の巻き返しである。さすがにこれはすぐ鎮圧されたが、家持も歌を作るどころではなかった。

聖武天皇は、この「藤原広嗣の乱」に異常におびえ、都を平城京から恭仁京へ、恭仁京から紫香楽宮に、紫香楽宮から難波宮（大阪）へと、五年間にわたる謎の彷徨を続け、結局天平十七年（745）元の平城京に戻ってきたのである。

盧舎那（るしゃな）大仏造営の詔は、すでに聖武天皇から出されていたが、造営場所が移り、平城京の金鐘寺（現・東大寺）に決まって工事がはじまったのはこの年である。内舎人となった家持も、天皇の都彷徨について行っていたが、都が遷るたびに、新築を讃える歌を天皇に献上していたのである。

この時代の仏教は、現在の仏教のイメージとは違って「鎮護国家」、国家の平和と繁栄を祈るためのもので、むしろ天皇を「すめらみこと・すめらぎは神にしあらば」という考え方が強く、『万葉集』に天皇礼讃歌が多いのもやむを得なかった時代であった。

家持にもようやく転機が訪れた。天平十七年（745）、越中の国守として転勤することが決まったのである。従五位下、宮内少輔に任じられた。二十七歳のときである。橘諸兄の推薦である。張り切って赴任したに違いない。家持の越中での生活は、秀歌を含めいろいろ書かれているが、ここではすべて省略する。ただ、前にも述べたように、陸奥国で金が産出したのを聞いて、この地から聖武天皇にゴマスリの祝歌を贈ったのが、私どもには気に入らないのである。これは私だけではなく、当時の橘諸兄政権に対する反対派藤原氏一族にとっても、そう思われたようだ。そのことは、彼の後半生をみればよくわかる。

■家持は「大仏開眼」の盛儀に祝歌を作らなかった

天平勝宝三年（751）、少納言に任じられた家持は、五年の任期を終え、やっと都に戻ることができた。帰京してみると、頼みとする左大臣・橘諸兄と大納言・藤原仲麻呂との対立は激しく、聖武太上天皇と光明皇太后そして孝謙天皇（阿倍内親王）を巻き込んで、政情不安は一触即発の状態だった。それでも翌年の大仏開眼の儀式は予定通り行われた。主催は孝謙天皇と聖武太上天皇・光明皇太后であったが、実質式典は左大臣・橘諸兄の主導で行われた。

家持も当然その盛儀に参列することができたが、あれほど越中でたくさんの歌を作ってきた家持だが、なぜかこの歴史に残る大仏開眼の祝歌を一つも作らなかったのである。不思議な事である。

大仏開眼の盛儀が終了したこの年の十一月に、橘諸兄は自宅に聖武太上天皇を招いて招宴を催した。家持は諸兄から『万葉集』の編纂を依頼され、その紹介の意味を込めて列席している。一方、同じ月に藤原仲麻呂は、光明皇太后と孝謙天皇を自宅に招いて祝宴を開いている。天皇家も二つに分かれていた。家持は完全に仲麻呂側からすると、聖武太上天皇、橘諸兄派に見られてしまったのである。家持もそれを感じてか、翌天平勝宝五年（753）には、一年に僅か十首しか歌を作っていない。しかも、その中には彼の絶唱とされる独詠歌三首がある。

春の野に　霞たなびき　うら悲し　この夕かげに　鶯鳴くも

（巻十九・4290）

わが宿の　いささ群竹（むらたけ）　吹く風の　音のかそけき　この夕かも

（同・4291）

うらうらに　照れる春日に　雲雀（ひばり）あがり　情（こころ）かなしも　独し思えば

（同・4292）

斎藤茂吉の『万葉秀歌』（岩波新書）の解説になると「うら悲し」など悲哀の情を述べたのは、支那文学や仏教の影響で、家持が開拓したもの。また「独し思えば」という独居沈思の態度も支那の詩のおもかげであり、仏教的静観の趣でもある。自然観入による、その反応としての詠歎であると述べている。茂吉のような大歌人も、政情に板ばさみになって苦悩した家持の心境、孤独感などわかろうとしないで逃げているのだ。

天平勝宝七年（755）十一月になると、両派の対立はますます深まり、橘諸兄が聖武太上天皇に反逆を企てているという密告が孝謙天皇に届けられた。聖武太上天皇は諸兄を信頼していたので、その密告は握り潰されたが、諸兄は身の危険を感じ、翌天平勝宝八年（756）二月、左大臣を辞職してしまった。そして、間もなく聖武太上天皇も諸兄も亡くなった。藤原一派の勝利である。これを怒った諸兄の子、橘奈良麻呂が藤原仲麻呂打倒のクーデターを計画するが、事前に発覚し処刑されてしまう。幸い家持は、その頃娘が仲麻呂に見染められ、所望された関係もあってか、また三度の謀議にも出席していなかった事で難を免れたが、それでも橘派と目され、家持は因幡守として、左遷されることになった。天平宝字二年（758）の事である。彼はこの処遇に際し、大伴一族に対し「族を喩す歌一首」を詠み、一族に軽挙妄動を慎むよう呼びかけたのである。仲麻呂は右大臣になり、天皇から恵美押勝の名を賜り、独裁体制をスタートさせた。

家持は着任した翌天平宝字三年（759）の正月、因幡の国庁で開かれた新年の宴で一つの歌を詠んだ。

新しき　年の始めの　初春の　今日降る雪の　いや重け吉事

（巻二十・4516）

家持はこの歌を最後に、きっぱりと歌作りをやめてしまった。この歌が『万葉集』二十巻の最後をしめくくる歌になったのである。

（※ 果たしてそうであるのだろうか、後半の小論はここを再考するものである。）

仲麻呂の政権になれば、家持のような有名な歌人は、自然の情景や恋歌ばかりは作ってはいられない。権力者の慶事があればゴマスリの祝歌も捧げざるを得なくなる。彼もそれに気付いたのであろうか、六十八歳で亡くなるまでの後半生の二十七年間、一首も作らなかったのである。「歌を忘れた」歌人になってしまったのである。

■ 家持は左遷につぐ左遷で、地方勤務に明け暮れた

天平宝字六年（762）正月、家持は信部大輔に任じられて都に戻ってきたが、またもや暗殺

事件に巻き込まれた。それは藤原一族の内輪もめであった。藤原宿奈麻呂（良継、宇合の第二子）が、仲麻呂一家の横暴を見かねて、大伴一族に声をかけ、打倒仲麻呂を企てたものであった。これも密告され、首謀者の宿奈麻呂が一人責任をとり、幸いに彼だけの処刑で終わったが、大伴一族の幾人かが関わった嫌疑から、家持が一族の長の立場であるだけに、仲麻呂に疎まれ、天平宝字八年（764）、今度は遠く九州薩摩の国守として左遷されたのである。だが、その後都での政情はめまぐるしく変わった。仲麻呂と親密な関係にあった孝謙天皇は、病気を快癒させた道鏡禅師と深い関係になり、仲麻呂を遠ざけていった。結局は道鏡がそそのかし、いつもの手で仲麻呂謀反のシナリオを書いた。仲麻呂はそれに気づき、一家眷属を引き連れて近江へ逃げたが、逃げきれず吉備真備率いる官軍の手によって殺された。「仲麻呂の乱」である。

（※「安積親王」を毒殺した者の宿命である。）

仲麻呂一派によって即位した淳仁天皇は廃され、孝謙女帝が重祚して称徳天皇として即位した。道鏡は太政禅師になり、天皇になることを夢みた。このことは歴史でよく知られる和気清麻呂の宇佐八幡のご神託で阻止された。

宝亀元年（770）八月、称徳天皇が崩御し、光仁天皇が即位した。六十二歳の老天皇であった。道鏡は下野国に追放され、そこで死んだ。

家持は、光仁天皇になって民部少輔になり、足かけ七年振りに都に帰ることができた。しかし、「仲麻呂の乱」があった時も九州にいたため直接朝廷に対しての貢献はなかった。そのためか、正五位下から従四位に役職は少し上がったが、またもや地方勤務であった。相模守、上総守、伊賀守と歴任し、都に再三戻ったときは六十三歳になっていた。

当時としては、かなり老齢であり、このまま都に留まっていたかったに違いない。その家持の願いが叶うかのように、天応元年（781）四月、光仁天皇の長子山部親王が桓武天皇として即位した。家持は皇太子になった天皇の弟・早良（さわら）親王の春宮大夫（とうぐうのだいぶ）（現在の東宮大夫）に起用された。次期天皇候補である皇太子の教育担当になったのだから、家持としてはこの上ない喜びであった。

しかし、不運な人の喜びは長く続かなかった。氷上川継の謀反に関係したとみられ、家持はまたしても春宮大夫・左大弁の職を解かれた。首謀者の川継の父は塩焼王（天武天皇の孫）、母は聖武天皇の娘の不破内親王（※ 安積親王の姉）である。父と母が天武系の皇族であったため、天智天皇系の桓武天皇の即位に反対したことが理由のようである。またしても大伴一族の者が関係していたためである。

たまたまこの頃、前年から蝦夷の反乱が続き、陸奥按察使兼鎮守府将軍紀広純が胆沢（現・水沢市）への前進基地として築いた伊治城で殺害された。ただちに藤原継縄を将軍とする征討軍、続いて藤原小黒麻呂の征東軍を送ったが、蝦夷のゲリラに悩まされて前進を阻まれ、都に引き揚げてきた。

延暦元年（782）五月、桓武天皇は大伴家持を春宮大夫、従三位に復活させ、六月、兼務のまま陸奥按察使・鎮守府将軍に任じ、陸奥国府多賀城救援を命じたのである。家持六十四歳の時である。

『続日本紀』には補佐する副将軍以下の名も載っている。また「延暦四年（785）」の段、家持が亡くなる年の四月に、陸奥国は大きいし、これからの戦略上、多賀と階上（しなのへ）をそれぞれ郡として認めてほしいという要望書を出している。家持が多賀城にいた証拠である。そして、同年の八月二十八日の項に『続日本紀』は「家持死にぬ」と書き、「死にて後廿余日、その屍未だ葬られぬに、大伴継人・竹良ら種継を殺し、事発覚れて獄に下る。これを案験ふるに、事家持に連れり。是に由りて、追ひて除名す。その息永主（ながぬし）ら、並びに流に処せらる」とある。

ここに記載されている「藤原種継暗殺事件」と呼ばれるものは、桓武天皇に長岡京への遷都を建議し、その造営に参画していた藤原種継が、天皇不在の嘘をついて、夜間何者かに弓で射られ死亡した事件である。その容疑者として大伴継人・竹良など十数人が逮捕され、尋問の結果、首謀者は多賀城に赴任している大伴家持であることを自供したことによる。

この時点ではすでに家持は没していたが、事件関係者はそれぞれ斬首、流刑に処せられた。そして家持は、葬儀の禁止、官位剥奪、財産没収という除名処分を受けたのである。

もともとこの事件には、早良皇太子も加わっていたということで、彼は乙訓寺に幽閉されたが、身の潔白を示すために飲食を絶って自死した。桓武天皇は当初から弟より実子の安殿親王を皇太子にしたかったので、早良皇太子の死とともに、すぐに安殿親王を皇太子に立てた。疑いをかけられた早良皇太子の春宮大夫であった大伴家持を、桓武天皇としては、家持が帰京する前に、家持との関係、大伴氏との関係を絶っておきたくて仕組んだのではないかとの説もある。真相は謎である。

家持は以後、二十年もの長い間、罪人として隠岐の島に遺骨と留められる運命を辿った。しかし、悪いことはできないもので、桓武天皇は晩年、早良皇子の怨霊に悩まされ日毎に衰弱し、とうとう延暦二十五年（８０６）大伴家持および息子の永主その他を赦免し、復位させた（『日本後紀』）。そして、その日に亡くなった。皇太子の安殿皇子が継承し、元号を「大同」と改め、平城天皇として即位した。

■『万葉集』は家持の死後二十四年過ぎてから公表された

家持の不名誉な死は復権できたが、もう一つの大きな問題が残されていた。それは家持が編纂した『万葉集』は、いまだ日の目を見ずに、朝廷の倉庫で眠ったままということである。私もはじめそうだったが、『万葉集』は大伴家持が平城京にいるとき、聖武天皇の御代に献呈されたものだとばかり思い込んでいた。『万葉集』については、成立の時期、編纂者、その他諸説が多く、今でも謎の部分が多いが、ここではそれらについてもすべて省略する。

もちろん、この『万葉集』が世に出た時期も二説あり、一つは平城天皇の時代、もう一つは、その後の嵯峨天皇の時代になってからという。「平城万葉」説の代表的な学者としては、伊藤博氏や梅原猛氏があげられる。桓武天皇が亡霊に悩まされたことを、平城天皇は知っているだけに、鎮魂の意をこめて先帝の遺志として、家持編纂の『万葉集』を公にしたのだという。そして、その裏付けとして『古今和歌集』の序には『万葉集』ができてから時は十代を経、数は百年を過ぎたりと書かれたのである。『古今和歌集』が選んだ延喜の世から十代、百年前の天皇といえば、ちょうど平城天皇の時代にあたる。だから『万葉集』は平城天皇の時代に発表されたとする説である。

それに対して、嵯峨天皇の時代を説く人は『柿本人麻呂水死刑説』『人麿の謎を解く』などを書いている土淵正一郎氏たちである。その理由として、平城天皇はやや精神異常のところがあり「薬子の乱」で知られるように、藤原薬子という女性を度外れに寵愛したことなどから三年で皇位を嵯峨天皇に譲り上皇となったが、すべて薬子の言う通りに行動したという。薬子は「藤原種継暗殺事件」の種継の娘である。その女性が父の仇敵である大伴家持の編纂した歌集を、天皇に献じて公表するようなことはあり得ず、鎮魂など考えられないというのだ。嵯峨天皇は一方、文化人で三筆のひとりと言われ、書にも漢詩にも長じた天皇であった。嵯峨天皇の時代になって、どうにか藤原独裁体制も弱まっていったので、『万葉集』が初めて天覧に浴したのではないか、通説の平城天皇ではなく、これは嵯峨天皇の時代であると述べている。いずれにせよ、嵯峨天皇が即位したのは大同四年（８０９）であるから、かりに『万葉集』が世に出るまでには、家持の死（延暦四年：７８５）から二十四年もかかっているのである。

万葉の代表的歌人であり、その最終編纂者といわれる大伴家持が、いかに悲劇的人生を送ったか、いや、いかに悲運の人であったか、おわかりいただけたことと思う。この家持の生涯を知ると「ゴマスリ歌人」などとは、とても言えなくなる。気の毒な人であったという同情の念が湧いてくる。『万葉集』もロマンどころか、その背景には血で血を洗う壮絶な権力闘争の時代に生まれた「徒過の歌集」であるとも言えるのである。

※ 以上が今泉正顕先生が、平成十八年（２００６）九月頃に纏められていた原稿でありますが、校正のご依頼だったのでしょうか、私に一部預けられていたものです。先生はこれまで、郡山商工会議所専務理事を長年務められ、福島中央テレビ社長・会長を歴任される傍ら、二十数冊の書籍を出版。その恐らく最後の原稿となってしまった当書は、発表されぬまま、先生は平成二十一年（２００９）九月二十八日《安積国造神社・秋の大例祭の夜》亡くなられました。八十三歳のご生涯でした。奇しくもこの年の十月に、私にとっては第三の書『安積・あさかの国が出来たころ』（歴史春秋社）が出版予定でありましたが、御覧頂くことも叶わず、辛うじて「あとがき」において先生に捧げる旨の書であることを記させて頂きました。でもこの前年の平成二十年（２００８）五月に例の『万葉歌・木簡発見』（万葉歌の木簡記載は史上初）それも「あさかやまの歌」であったことから、先生は大変喜ばれ、私をお呼びになり直ちに発見地の滋賀県甲賀市信楽町の紫香楽宮跡に駆け付けるという大変名誉な邂逅でありました。先生の貴重なご生涯のなかでも最大の出来事ではなかったのではないでしょうか。何よりの慶事ではなかったかと信じる者の一人です。あれから本年で、もう十二年も経ちました。この間歴史は、忘れもしない平成二十三年（２０１１）三月十一日の「東日本大震災およびフクシマ原発事故」が起き、それは大変な事態でした。それから少し落ち着いた平成三十年（２０１８）十月二十日、木簡発見から十周年を記念して、私たち「安積歴史塾」塾長・平川真理子氏、専務理事の安藤智重氏そして私の三名で「あさかやまの歌」木簡発見者である、当時大阪歴史博物館館長になっておられた栄原永遠男（とわお）先生を訪問、記念のご講演を依頼。例の大講演

会を開催する運びとなりました。場所は栄原先生にも縁深い、京都大学総長となった小西重直および同学長となった新城新蔵を輩出した「安積歴史博物館（国重要文化財：旧安積中学校及び安積高校本館）」にて開催。さらに「あさかやまの歌」記念碑も「安積国造神社」境内に建立。奇しくもこの年は「大伴家持生誕一千三百年」にあたっており、碑の裏面の撰文にはその旨冒頭に刻んで頂きました。この慶事は亡き先生も大変お慶びになったのではないかと思っています。さらに、平成三十一年四月、政府は同年五月一日より、天皇譲位に伴う新元号を「令和」と発表され「令和元年」となりました。その元号の出典こそ、『万葉集』から採用されたということで、驚きと共に大きな喜びとなりました。先生には、是非ともご確認頂きたかった新時代の「令和」であります。本年は「令和三年（２０２１）」を迎え、わが国は否、世界中がいま戦後最大の新型コロナウイルス禍に襲われ迷妄しております。先生が逝かれてはや十二年、せめてこの一書を一刻も早い平安が重なることを意味する「安積」を祈るとともに、先生の十三回忌の安らかな霊前に捧げられればと心から願っております。

（２０２１・２・１記）

あさかやまの歌と安積親王

七海晧奘（編纂）

一　「令和」の御代と起源

「令和」は、『万葉集』巻五・歌八百十五～八百四十六番の「序文」にあたる、和漢混合文からの採用でした。つまり「萬葉歌・四千五百十六首」すべて漢字で記された、いわゆる一文字一音の「万葉仮名」による大和歌（長歌・短歌・旋頭歌など）からの引用ではなく、実は、その序文（まえがき）とされる漢文体の「**題詞**（だいし）」から選定された元号でした。その中から採られた二文字「令」と「和」であったことです。

時は天平二年（730）の正月十三日、今から千二百九十年程前のこと。所は九州大宰府、その長官であった旅人（たびと）（大伴家持（おおとものやかもち）の父）宅に九州全土から地方官が集い、初春を祝う宴が開かれました。その折、旅人長官が歌会を催すにあたり挨拶したのが次の序文です。

梅花謌卅二首并序

天平二年正月十三日、萃二于帥老之宅一、申二宴會一也。于レ時、初春令月、氣淑風和、梅披二鏡前之粉一、蘭薫珮後之香。加以、曙嶺移レ雲、松掛レ羅而傾レ蓋、夕

岫結レ霧　鳥封レ穀而迷レ林。庭舞二新蝶一空帰二故鴈一。於レ是蓋レ天坐レ地、促レ膝飛レ觴。忘二言一室之裏一、開二衿煙霞之外一。淡然自放、快然自足。若非二翰苑一、何以攄レ情。詩紀二落梅之篇一。古今夫何異矣。宣下賦二園梅一聊成中短詠上。

梅花の歌三十二首併せて序

天平二年の正月の十三日に、師老(そちろう)の宅に集まりて宴を申(の)ぶ。時に、初春の好き月（令月）にして空気は爽やかで、風は和(やわら)ぎ、梅は美女の鏡の前に装う白粉の如く純白に咲いて、蘭は身を飾った香の如く、その薫りを漂わせている。のみならず明け方の山頂には雲が流れ、松は薄絹のような雲を掛けて、その風情を示している。薄霧のなか鳥は林に迷い、庭には新たに蝶が舞っている。空には雁の故郷へ帰る姿が望まれる。ここに天が蓋(きぬがさ)（夜空）となるまで、また大地を座(しきみ)（寝所）となるまで、膝を交え盃を傾けようではないか。さあ心の赴くままに振舞い、この満足感をいかにか筆にしてはどうだろう。遠く中国の詩経にも梅を詠んだ歌がある。古今異なるはずもなく、よろしく庭の梅を詠んで僅かでも歌を詠じようではないか。

と言うものです。以上のような「**題詞**(だいし)（漢文で書かれた説明文、『新古今和歌集』あたりから**詞書**(ことばがき)と呼ばれます）」は、特に必要と思われる歌の前後にその歌の経緯や背景、また歌の出所・作者名などが記される説明文で『万葉集』に載る歌の約三分の一近く、特に《**右の歌は云々・・**》とか《**伝えて曰く・・**》との文面で説明される文もあり、全てその原文は漢字の意味の入った漢文での読下しです。しかし「**歌**」の方は漢字一文字一音のいわゆる「**万葉仮名**」で、当初は漢字の意味は度外視され、その漢字の**音**のみで記される大和歌でした。つまり『原典萬葉集』は、すべて中国から輸入された漢字で書かれたものですが、「題詞」は漢字の示す意味の入った漢文で訓読され、「歌」は短歌（五七五七七）・長歌（五七五七・・・七七）・旋頭歌（五七七五七七）・仏足石歌体（五七、五七、七七）のすべてが漢字音として採用した「初期万葉仮名」での二段構えの表記法で記されたものでした。

やがて、音詠みの初期万葉仮名は、わが国独自の「**ひらかな・カタカナ**」として発明されていきますが、その本来の意味の漢字と、音読みの漢字とが融合されて編纂されていきます。家持による『原典萬葉集』最終編纂の時期はまだ「ひらかな・カタカナ」は生まれていませんでしたが、その産声は目前にあったようです。学説では「ひらかな・カタカナ」は、家持亡き後の平安時代（794〜1185）頃とされていますが、家持が最終編纂した時の『万葉集』には、歌自体、漢字の意味を有したものと音読みとが混合された表記になっての歌として記されていることに気付くのです。

初期万葉集に戻りますが、この「**題詞**」自体、長歌に勝る名文であることも珍しくありませんでした。この度の「令和」の一文は「**初春の令月にして気淑く風和ぎ**」は、その典型です。

本命の歌は、それぞれに位ある大弐・少弐筑前守・豊後守ら肩書ある者たちの歌で逐次披露されますが、主人である旅人の歌は、三十二首あるうち八番目に次のように載っています。

和可則能尓　宇米能波奈知流　比佐可多能　阿米欲里吉能　那何列久流加母　主人

わが園に　梅の花散る　ひさかたの　天より雪の　流れ来るかも　主人

意味は、わたしの庭園の梅の花は今この大いなる悠久の天上より、雪のように散ってくるよ。主人・大伴旅人（たびと）。巻五・822に載る歌です。

また、この宴には山上憶良（やまのうえのおくら）も参席しており、818番にその歌が載っています。

波流佐礼婆　麻豆佐久耶登能　烏梅能波奈　比等利美都々夜　波流比久良佐武　筑前守山上大夫

春されば　まづ咲く宿の　梅の花　独り見つつや　春の日暮らさむ　筑前守山上大夫

意味は、春になると、最初に咲くわが家の梅の花よ。だが私ひとり見て一日を過ごしてしまった、です。

なお、ここでは他の三十首については割愛させて頂きます。

二　『万葉集』と奈良・天平の時代

『万葉集』と言えば、次のような歌が先ず思い浮かべられることでしょう。

あかねさす　紫野行き　標野行き　野守は見ずや　君が袖振る
額田王　（巻一・２０）

うらうらに　照れる春日に　ひばり上がり　心悲しも　独りし思へば
大伴家持　（巻十九・４２９２）

田子の浦ゆ　うち出でて見れば　真白にぞ　富士の高嶺に　雪は降りける
山部赤人　（巻三・３１８）

春過ぎて　夏来たるらし　白栲の　衣干したり　天の香具山
持統天皇　（巻一・２８）

銀も　金も玉も　なにせむに　まされる宝　子にしかめやも

山上憶良（巻五・803）

東の　野にかぎろひの　立つ見えて　かへり見すれば　月かたぶきぬ

柿本人麻呂（巻一・48）

『万葉集』は、大伴家持（718〜785）によって最終編纂されたものが『原典萬葉集』であったとされています。収集され詠まれた歌々の時代は、仁徳天皇期（380頃）から淳仁天皇期（〜758）に至る三百七十年余の歌集とされていますが、その現物は未だに見つかっておらず、全て後年それらから書き写された複数の「諸写本」から逐次多くの研究学者によって今日の形に纏まった「全二十巻・四千五百十六首の歌集」として定着したものです。それが、現在の『万葉集』として統一され、特に今日においては、それを一冊に纏めたのが、この度「令和」発案者とされた中西進先生の『萬葉集・全訳注原文付』（第一刷発行　昭和五十九年九月二十日）の一書です。これまで佐佐木信綱はじめ、多くの歌人研究者が登場していることなどから、家持一人の編纂ではないとする説もありますが、この一貫性から、『万葉集』全巻は、すべて家持の家持による記録であって、特にそれらの歌に付された「題詞（詞書）」全てが、家持でなければ記すことができない内容であり、それら歌の背景・人物の詳細まで記載されていることは、家持史観による『万葉集』として認証できるのではないでしょうか。この度の「令和」の要因となった《**梅花の歌三十二首併せて序**》の文も、最終的には家持(やかもち)が添削し、この名文にしたのではないかとさえ筆者には思えるほどです。

全巻で詠まれた歌の時代は、仁徳天皇（第十六代）期から淳仁天皇（第五十三代）期までの約三百七十余年の歴史に遺された天皇から庶民に至る歌、民話・民謡を含んだ壮大な歌集形式による叙事詩・歴史書であったことです。そして、家持が、晩年陸奥守として赴任し、その多賀城で六十七歳で亡くなる寸前まで編纂が続けられた『万葉集』でした。

そのような観点から考えますと、さらに重要な謎の一つとされる「万葉集最後の歌（巻二十・4516）」としての意義を読み取ることができます。

三年春正月一日　於　因幡國廳、賜　饗國郡司等　之宴謌一首

新　年乃始乃　波都波流能　家布敷流由伎能　伊夜之家餘其騰

右一首、守大伴宿禰家持作之。

宝字三年の正月、因幡国(いなばのくに)（鳥取県）庁での饗で国郡(くにのこおり)の司等に賜える宴の歌一首。

新しき　年の始めの　初春の　今日降る雪の　いや重け(し)吉事(よごと)

「題詞(だいし)」右の一首は、守大伴宿禰(すくね)家持作れり。

当歌は、家持（やかもち）が奈良の都で政務在任中に政敵の藤原仲麻呂（なかまろ）に疎まれて因幡守（いなばのかみ）、今なら鳥取県知事職として左遷させられた翌年の、天平宝字三年（７５９）の正月に詠まれたとされる歌ですが、この時、家持は四十二歳。この歌が『万葉集』最後に記されていることから、家持は、この時以降一切歌を詠むことはなかったと、後世の多くの学者は決めてしまったようです。しかし、家持はそんなことでそれまで人生の糧として歌を続けてきたものを、あっさり捨て去ることなどできたのでしょうか。まして、当時は大変な僻地に左遷させられた身。なおさら今度は、誰にはばかることなく歌の世界に没頭していったのではないか。その証拠に家持がそれまで全く知らなかったはずの地方、特に陸奥・東北の地を背景に詠まれた歌、また地方の花々を愛でる歌など例えば「花かつみ」など、少なくとも数十首が『万葉集』に入っていることからしても推測できます。

『万葉集』は、その経緯を調べてみますと、当初から秘密の歌集とされていたようです。大伴家持は、ある壮大な理想『古事記』や『日本書紀』と並ぶ「国書としての大歌集」となるべき編纂事業を、師と仰ぐ橘諸兄（もろえ）（前の葛城王（かつらぎおう））から委託されたのがきっかけでした。しかし、家持にとっては歴史書としての最大総合的な歌集として纏めるにあたり、多くの歌を収集し始めていた頃、当時絶大な権力を持っていた藤原一族、特に仲麻呂には、政敵の一人として常に疎まれ、事ある毎に嫌みを言われていた立場でした。家持の家系は、古代から天皇を護る誉れ高い名武門で、その大伴宗家の総領として生まれた彼は、聡明にして美男であったこともあってか、仲麻呂からは特に妬まれ敬遠されていたようです。かつて曽祖父（家持の三代前・大伴長徳）の時代に「大化の改新（６４５）」があって以来、家持が成長する頃の大伴一族は、政治権力機構下において、その力関係は藤原氏が大方を仕切る時代になっていました。

　家持は、密かに人々の純粋な心から生まれた「大和歌」をできるだけ広く多く集め「歴史書」の一つとして纏めたいと考えており、それは、父の代から収集していた「古歌集」なども几帳面に整理しつつ、編纂していったのが『原典萬葉集』と言われています。しかし、もし仲麻呂らの目に触れたりしたなら、どんな言いがかりをつけられ、場合によっては没収され燃やされかねない危険性も孕んでいました。さらに進めば危険思想の持主として、逮捕・処刑の可能性もあったのです。身近に「長屋王の変」があったばかり。そこで、万一のことも考え、一見「歌集」に見せかけての形態をとっていたものでしたが、問題はその歌の内容が、当時の権力者には危険視される要因が多々あった点にあります。そこに収められている歌の数々は周知の通り、上は天皇から下は防人（一兵卒）や、その貧しい家族の歌まで、さらには謀反人、皇族を含む処刑された者たちの恨みの歌、例えば有間皇子や大津皇子、長屋王など、当然「安積親王」に関する歌も入っており、歌とはいえ、その内容はかなり政治的色彩の濃いものが少なくなかったからです。当時として歌とはいっても「人間平等の理念」や、自由正直に表現される文面は、権力者からは当然反国家的と見なされていました。弱者への心の一例を挙げれば、山上憶良の貧窮問答歌である「巻五・８９２」には

風まじり　雨降る夜の　雨まじり　雪ふる夜は　術もなく　寒くしあれば　堅塩（かたしお）を　取りつづしろひ　糟湯酒（かすゆざけ）　うちすすろいて　咳かひ　鼻びしびしに　しかとあらぬ　髭かき撫でて　我を除きて　人はあらじと　誇ろへど　寒くしあれば　麻衾（あさぶすま）　引き被り　布肩衣（ぬのかたぎぬ）　有りのこと事服襲（きそ）いども　寒き夜すらを　我よりも　貧しき人の　父母は　飢え寒ゆらむ　妻子どもは　吟び泣くらむ　此の時は　如何にしつつか　汝が世は渡る

風交じりに雨が降り、その雨に混じって雪も降る、そんな夜はどうしようもなく寒い。せめて、堅塩を少しづつなめては糟湯酒をすすり、咳をしては鼻水をすすり上げる。たいして生えているわけでもない髭を撫でて、自分より優れた人はおるまいと自惚れてはいるが、寒いから麻で作った夜具をひっかぶり、麻布の半袖をありったけ重ね着をしても、それでも寒い。こんな寒い夜には、私よりももっと貧しい人の親は飢えこごえ、その妻子は力のない声で泣くことになるだろう。こういう時には、お前たちは、どうやって生計を立てていくのか。

と詠じているのです。食べ物さえなく、器に蜘蛛の巣が張る歌さえあります。

『万葉集』は、千二百五十年ほど前の宝亀元年（７７０）に第二次として編纂、また、それ以前の第一次は「安積親王薨去（あさかしんのうこうきょ）時の巻十六」まで、これは天平十八年（７４６）家持（やかもち）が越中守として最初の赴任先においての編纂です。そして最終的に全二十巻に纏められたのは、晩年の陸奥守をしていた死の直前、延暦四年（７８５）を第四次編纂として筆者は付け加えるものです。各巻はそれぞれのテーマで整理され、かつ全体の構成は「歌で纏められた壮大な叙事詩」となっていることからの推察です。まさに、万葉の時代に生きた人々の声が、今にも聞こえてくるような歴史が伝わってきます。そして、全巻の纏めとして選ばれた歌が《**新しき年の始めの・・**》であり、それは「一つの終わりは新たな時の始まりである」とした、哲学上最も相応しい纏めの言葉であって、それは編纂に次ぐ編纂の上、最終段階で決められた歌ではなかったのか。これは単なる物理的な時間の経緯ではなく、この歌によって全編を振り返り締めくくられたのではないか。

そして何より家持(やかもち)にとっては、少なくともこの二十巻にまとめた『万葉集』は、大伴家の名誉を後世の子孫たちだけにでも伝えておきたいとの願いで、大伴氏の先祖が、それまでの時代、わが国第一の武門として、代々の天皇に身命を尽くし貢献してきた歴史を綴りながら、家持自身が関わった実際の凄まじい歴史を「和歌集」の形式をもって纏めた奈良・天平時代の「**大叙事詩**」でありました。今日、時代表記としての元号が『万葉集』から採用されたことは、当時の歴史を学ぶ上でも、とても意義あることだと思います。それにしても令和三年(2021)の今日から『万葉集』が世に出て千二百十五年。「令和」元号の舞台となった大宰府「梅花の宴」が開かれた時からの計算ですと千二百九十年となります。その時、この宴に参加していた人々の霊がもし蘇ることができたならば何と感じられたことでしょう。

※「令和」の起源についてと、『万葉集』の位置づけについては以上ですが、次には先の今泉正顕先生による『知られざる悲劇の万葉歌人・大伴家持』を基に、これより具体的にその時代を辿りながら、本命とする「あさかやまの歌」に関わる重大な項目に進みたいと思います。

ここからは、この時代の歴史的背景を確認していきましょう。

都が藤原京から奈良京に移り、さらに奈良京から長岡京へ移る期間です。

これは、大伴家持（おおとものやかもち）の生涯そのものの時代であり、当時のわが国はすべて天皇を中心とした歴史施政の下に置かれ、家持もその生まれた家系から政治的渦中にあっての生涯でした。結果的には七代にわたる天皇の時代の人生でありました。即ち第㊹代元正―㊺聖武―㊻孝謙―㊼淳仁―㊽称徳―㊾光仁―㊿桓武天皇の時代です。家持にとって最も重要な時代は聖武期にありましたが、最後まで家持の人生におけるその歴史は尾を引きました。

※ **太字**　◎印は特に重要とされる項、▲は主に家持に関わる重点事項。

七一〇（和銅三年）　〔**元明女帝**〕明日香旧藤原宮から平城京に遷都。「奈良時代」始まる。

七一二（和銅五年）　『古事記』成る。中臣鎌足の子藤原不比等（ふひと）実権を握る。

七一三（和銅六年）　「諸国郡郷名著好字令」により、陸奥・阿尺（あさか）は「**安積**」と銘記。

七一五（霊亀元年）　〔**元正天皇（第四十四代）**〕即位（元明天皇の娘・草壁皇子が父）。

七一八（養老二年）　◎**大伴家持**および阿倍内親王（後の孝謙・称徳天皇）誕生。

七二〇（養老四年）　『日本書紀』成る。能登・安房・石城・岩背の四国設置。

七二二（養老六年）『続日本記』陸奥不穏につき減税、兵衛・采女らに帰還令。

七二四（神亀元年）〔**聖武天皇**〕即位。陸奥「多賀城」竣工。葛城王が安積に来郡。
※**葛城王が「安積采女」に逢い「あさかやまの歌」献じられる。**

七二七（神亀四年）聖武天皇・光明子（藤原氏）に**基王**誕生、即皇太子に。
※大伴旅人は大宰帥として大宰府に赴任。**家持**、義母も同行。

七二八（神亀五年）▲九月　基王急死。十月　**安積親王**誕生、母は県犬養広刀自。
※聖武天皇には、光明子に阿倍内親王・基王。県犬養広刀自に井上内親王・不破内親王・安積親王ら五人の皇子・皇女あり。

七二九（天平元年）▲二月「長屋王の変」。八月　光明子皇后に（藤原氏策謀）。

七三〇（天平二年）一月　◎**旅人邸で梅花宴開かれる。**十二月　大納言拝命、帰京。

七三一（天平三年）七月　旅人（従二位大納言）、死去（六十七歳）。家持十四歳。

七三六（天平八年）葛城王（参議）「**橘**」姓賜る。橘諸兄となる。家持十九歳。

七三七（天平九年）藤原四兄弟（武智麻呂・房前・宇合・麻呂）**天然痘**で相次ぎ病没。

七三八（天平十年）諸兄右大臣に。陸奥「安積軍団」設置。阿倍内親王、立太子。

七四〇（天平十二年）▲「藤原広嗣の乱」九州に起こる。聖武天皇、藤原氏を警戒。
聖武天皇、遷都宣言。「恭仁京～紫香楽～難波～平城」逍遥。

七四三（天平十五年）※**紫香楽宮**跡に**万葉歌木簡**・裏表に「難波津の歌、安積山の歌」。
※◎この時の歌木簡は平成十年発掘・再検証で平成二十年発表。

七四四（天平十六年）閏一月　▲「**安積親王**（あさかしんのう）」**急逝**、十六歳三ヶ月（藤原仲麻呂（なかまろ）による毒殺説有力）。

七四五（天平十七年）家持（やかもち）、失意。奈良旧都の屋敷に引き籠る。宮内少輔（くないしょうゆう）を賜る。

七四六（天平十八年）**家持**◎七月「越中守」として赴任。**『万葉集』第一次編纂か。**

七四九（天平勝宝元）聖武天皇譲位、七月　阿倍内親王が〔**孝謙天皇**〕として即位。

七五二（天平勝宝四）◎**東大寺大仏開眼落慶。諸兄（もろえ）は左大臣。家持、参列のみ。**

※　奈良・天平時代最大の出来事（イベント）また、クライマックスといえば、この東大寺大仏建設および落慶の国家的大事業といえるでしょう。実は、その時の最高責任者こそ、当時左大臣の橘諸兄でした。安積親王薨去（こうきょ）の翌年から七年をかけての難事業でした。この間現場で共に指揮をとっていた大僧正**行基**（ぎょうき）も三年前に亡くなり、多くの犠牲者も出ました。この建設に動員された国民は約二百六十万人、当時の人口の約半数といわれます。さらに各地方では国分寺・国分尼寺が造営されていました。大仏に要した機材は熟銅七十三万九千五百六十斤、白銅一万二千六百十八斤、練金一万四百四十八両、水銀五万八千六百二十両、炭一万八百五十六石。この間、八度におよぶ鋳造を経て大仏はその姿を現しました。国民のエネルギーは凄まじいものです。
開眼供養は、聖武上皇・光明（こうみょう）皇太后・孝謙天皇の出席のもと盛大に挙行され、五位以上の官人は礼服、六位以下のものは位階に応じての朝服

で参列しました。読経（華厳経）する僧侶は一万人、印度から来日の僧・菩提僊那が開眼の筆を入れ、安南（現ベトナム）からの奏士らが管弦。勿論、国内の舞楽者による五節・久米舞、踏舞など多くの歌舞が次々と演じられました。わが国に仏教が到来して以来、これ程の斎会はありませんでした。

七五六（天平勝宝八）▲聖武太上天皇崩御（五十六歳）。諸兄、上皇誹謗嫌疑で辞職。

七五七（天平勝宝九）▲橘諸兄死去。「橘奈良麻呂の乱」拷問死。安積軍団改変。

※藤原仲麻呂「紫微中台」恵美押勝として独裁。傀儡天皇模索。

七五八（天平宝字二）▲**大伴家持、因幡守として左遷。坂上田村麻呂、安積に誕生。**

※八月　孝謙天皇を上皇として〔**淳仁天皇**〕即位。恵美押勝の策謀。

七五九（天平宝字三）◎家持『万葉集』最後の歌とされる歌を詠む。四十二歳。

『万葉集』第二次編纂か。

七六三（天平宝字七）八月　中央で藤原良継（藤原宇合の次男）らが「恵美押勝の暗殺計画」、因幡の家持にも協力要請、嫌疑。良継の単独犯で決着。

七六四（天平宝字八）一月　**家持**薩摩に左遷。だが九月「**恵美押勝の乱**」押勝琵琶湖で惨死。淳仁天皇廃され淡路に配流。孝謙上皇重祚し〔**称徳天皇**〕即位。

七六五（天平神護元）家持、都に帰還。太宰少弐・左中弁中務大輔・正五位に昇進。

『万葉集』第三次編纂。

七七〇（宝亀元年）　八月　称徳天皇崩御。白壁王（天智天皇の孫）が藤原永手や百川（藤原宇合八男）らの推挙で〔**光仁天皇**〕即位。六十一歳の高齢（天智系に戻る）。

七七一（宝亀二年）　他戸親王、立太子。母は皇后（元**井上内親王**）で、県犬養広刀自の娘。

七七二（宝亀三年）　▲藤原百川らが陰謀、讒言計画「井上皇后が呪術で天皇の姉を呪い殺し、且つ天皇までも呪詛し、わが子・他戸親王の即位を図っている」とするもの。「長屋王の変」と同じ手口。だが光仁天皇もそれを真に受け、皇后、皇太子を廃し、宇智（五條市）に幽閉。

七七三（宝亀四年）　山部親王（後の桓武天皇）、皇太子に。家持反対（山部の母が百済系渡来人のため）。

七七四（宝亀五年）　家持は、この間近隣の「相模国守・上総守・伊勢守」など歴任。

七七五（宝亀六年）　▲幽閉中の**井上内親王と他戸王が変死**したとの報を受ける。

七七六（宝亀七年）　国中に**地震・台風・飢饉・日食・流星**が頻繁に起こる。

七七八（宝亀八年）　皇太子山部親王も重病に罹り伊勢神宮に祈願。藤原百川は、光仁天皇の腹心として権力をほしいままにする。

七七九（宝亀九年）　藤原百川、七月九日　突然重病に罹り死去、四十七歳。

※七七一年〜七七九年の間

光仁天皇の皇后となった**井上内親王**こそ**安積親王**の姉であり、**他戸親王**を産み、彼も皇太子となるのですが、またも、百川らの陰謀で大きな悲劇に見舞われます。また、その妹で、後に天武天皇の孫である塩焼王の妃となる**不破内親王**ですが、その子「**氷上川継の乱**」として歴史に残る川継を産むのです。何とした兄弟姉妹の運命でしょうか。これらは全て身に覚えのない、藤原氏の謀略・讒言による事件でした。つまり、井上皇后、塩焼王妃の不破内親王の出自を知った藤原氏は、過去の安積親王暗殺に関わった歴史を思い起こし、藤原氏はかかる因縁に畏れをなしたのでしょう、第四・第五の陰険なクーデターでした。何の根拠もない「井上皇后の呪詛」、さらには山部親王の次期天皇即位に向けての候補とされた「氷上川継の乱」をでっち上げ、藤原氏安泰を図ろうとしたのです。

七八〇（宝亀十一年）　蝦夷反乱。家持六十二歳、参議右大弁に。田村麻呂、近衛将監に、二十二歳。

七八一（天応元年）　第五十代〔**桓武天皇**〕即位。家持は山部皇太子には反対でした。

七八二（延暦元年）　一月「**氷上川継の乱**」に家持、連座の嫌疑を受ける。

同年六月　家持は、陸奥鎮守府将軍として赴任（六十五歳）を命ぜられる。

七八三（延暦二年）　家持、名目「中納言・太政官就任」。藤原是公（武智麻呂の孫）は右大臣に。

七八四（延暦三年）　家持長男、永主も従五位下賜るが陸奥へ。都では「長岡京遷都」。

七八五（延暦四年）　▲八月、家持陸奥にて死去（六十八歳）。九月「**藤原種継暗殺事件**」。

※家持が死後にも拘らず、この事件の首謀者とされ、大伴宗家は官位剥奪、財産没収、長子**永主**は、家持の遺骨位牌と共に、隠岐の島に流刑となる。

藤原種継暗殺事件というのは、家持が陸奥多賀城で生涯を閉じた延暦四年（785）の八月二十八日よりまだ四十九日も経っていない九月二十三日、都、正確には新都**長岡京**建設現場でその監督にあたっていた藤原種継（宇合の孫）が何者かに暗殺された事件のことです。早々に嫌疑を受けたのが、日頃から反藤原と目されていた橘氏と大伴氏であり、その数人が捕らえられ拷問にかけられました。その折、大伴家の一人が「この計画は陸奥守であった大伴宗家の家持殿の指示によるものです」と自白。そこで、家持逝去後間もなく家持に贈られた中納言従三位春宮大夫兼持節征東将軍などの栄誉のすべてが剥奪され、さらには全財産没収の上、長子永主らと共に、家持の遺骨も隠岐へ流罪となってしまったのです。

それから二十一年が過ぎた延暦二十五年（806）三月十七日夜、桓武天皇は臨終の床にありましたが、その折最後の勅旨が出されたのです。それにより大伴宗家は晴れて名誉回復し、隠岐から家持の位牌と共に都に戻ることができました。都はすでに長岡京から平安京に移っていましたが、これで桓武天皇も安堵したものか、翌日の十八日、安らかに薨去されたと言われます。この翌日から桓武天皇の第一皇子が平城天皇として即位、年号は大同元年となりました。そこで、それまで没収され朝廷管理の蔵に入っていた大伴家の財産は開放され、その折、家持が生涯をかけて記録していた『万葉集』もそこから出てきたという訳です。二十一年前、家持がまだ存命であって謂れなき戦いともなっていれば、当時軍事力の勝る藤原氏が、根こそぎ大伴氏を滅ぼし焼き放ち、『万葉集』もこの世から永遠に消えていたかも知れません。歴史の非情さです。しかし不幸中の幸いとでもいうのでしょうか、家持死後であったが故に、没収されることで辛うじて『万葉集』も救われたとも言えます。実に戦争に負けると生命財産はもとより、それまでの名誉・業績、歴史までもが消されてしまうのですが、真実の歴史の運命は、必ずいつの日か証明されるのですね。

八〇六（延暦二十五年・大同元年）桓武天皇、臨終間際の三月十七日、遂にその時になって人間・大伴家持の罪は嫌疑に過ぎなかったこと、冤罪であったことを悔いたのでしょう。どうしても気になっていた件に触れ《**先の藤原種継暗殺事件の連座者を本位に復す**》との勅意を出したのです。また、この背景には天皇の弟・早良皇太子の亡霊に悩まされていたことからの猛省からとも言われています。桓武天皇即位時の権力争いで、あまりに酷い謀略を用いての即位だったことから、死期に臨んで深い反省に囚われての懺悔であったのでしょう。元号は正式に同年五月十八日から「大同元年」となりました。

名誉回復した大伴宗家は、平安の都へ戻りますが、没収され朝廷の倉庫に保管されていた大伴家の財産のうち、所謂金目のものは多く失われていましたが書簡・巻物類の中に当『万葉集』があり、天皇も平城天皇、嵯峨天皇へと代が替り、さらに十五代過ぎた、一条天皇の御代（986～1011）になり、所謂、清少納言や紫式部の時代になって『万葉集』の真価が理解され始め評価が高まっていきました。

この時代の主な登場人物は次の通りです。

柿本人麻呂（６６０～７２４）後年「歌聖」。『万葉集』第一の謎多き歌人。水死。

山上憶良（６６０～７３３）遣唐使。旅人の歌仲間。「貧窮問答歌」庶民の心を理解。

大伴旅人（６６５～７３１）家持の父、大宰府長官。大伴氏宗家。

大伴坂上郎女（生没年不詳）旅人の異母妹。家持にとり最大の功績のあった叔母。

行　基（６６８～７４９）東大寺（**大仏開眼７５２**）に起用。

藤原四兄弟（６８０～６９５）（武智麻呂・房前・宇合・麻呂）藤原不比等の子供たち。

橘　諸兄（６８４～７５７）前の**葛城王**（**７２４**）。井出左大臣（７４３～７５６）。

長　屋　王（６８４～７２９）天武天皇の孫、左大臣。藤原氏の陰謀により自害。

吉備真備（６９５～７７５）７３５年遣唐使帰国。「藤原仲麻呂の乱」平定。

弓削道鏡（７００～７７２）孝謙天皇に寵愛、法王譲位目論む（道鏡姦計）。

聖武天皇（７０１～７５６）在位・第45代（即位〈７２４～７４９〉）。

光明皇后（７０１～７６０）藤原不比等と県犬養三千代の娘。

藤原仲麻呂（７０６～７６４）恵美押勝。大仏建立後独裁。「仲麻呂の乱」で斬首さる。

※ 家持にとっての生涯のうち、最も非情な圧力を加えた極悪権力者。にも拘らず『萬葉集』には彼に関する歌が七首ほど載っています。「巻十七（一首）、巻十九（二首）、巻二十（四首）」である。

大伴家持（718〜785）由緒ある武門棟梁。歌人、『万葉集』編纂。多賀城にて没。

阿倍内親王（718〜770）母光明皇后。後に孝謙（749）・称徳天皇になる。

安積采女（724頃三十歳代か）多賀城落成の年、葛城王・陸奥へ按察使として来郡。

※「**阿佐可夜**麻加気佐閇美由**流夜真**乃井能安佐伎己呂乎和可於母波奈久尓」歌

安積親王（728〜744）母県犬養広刀自。第二皇子。天平十六年閏一月十三日没。

※ 717年生まれの姉、**井上内親王**がいる。五歳時、伊勢神宮斎王。三十歳時、白壁王（光仁天皇）と結婚し、後に他戸皇太子を産むが、幽閉され皇太子共々変死。次姉に**不破内親王**がおり、彼女は天武天皇孫の塩焼王と結婚し氷上志計志麻呂・川継を産みますが、781年に「氷上川継の乱」を起し、連座して淡路国に配流され、その後、和泉国に移され死去。

藤原百川（732〜779）宇合の八男、光仁天皇の皇后・井上内親王、他戸皇太子を陰謀で退位させ、流罪の上毒殺。藤原一族による四度目のクーデターを成した。

徳一（760〜835）藤原仲麻呂の子、法相宗　陸奥へ慧日寺八十九ヶ寺建立。

最澄・伝教（767〜822）遣唐使・天台宗　延暦寺・根本中堂、「三一権実諍論」。

空海・弘法（774〜835）遣唐使・真言密教　高野山　最澄と決別。「理趣経」。

坂上田村麻呂（758〜811）征夷大将軍。父・苅田麻呂、母・安積木賊田村に誕生。

※田村麻呂の母は現・郡山市田村町徳定の普門王娘阿古陀媛。当地に生誕の地碑あり。

◎大伴家持にとっては、晩年に至るまで、「安積親王」を起点とした、聖武天皇と県犬養広刀自系譜の三人の姉弟の辿る運命すべてに関与したことなど、反主流派であったことから、常に嫌疑を受けての左遷に継ぐ左遷の人生、いわば敗者の人生を辿ったのでした。そんな中、本来の偉大な国書となる『万葉集』は編纂されていきました。

三　「あさかやまの歌」について

その昔、ここ**安積**（現：福島県郡山市）で詠まれたという「あさかやまの歌」は知っていても、それが『万葉集』を代表する歌であることを、知る人は少ないのではないでしょうか。

あさかやま　　　　阿佐可夜麻
かげさへみゆる　　加氣佐閉美由流
やまのいの　　　　夜真乃井能
あさきこころを　　安佐伎己呂乎
わがおもわなくに　和可於母波奈久尓

歌の意味は、「安積山の影までも映る、澄んだ山の井のように、そのように浅い思いではありません。実際は深い思いで、あなた様を迎えておりますし。清らかな心で深く貴方さまを慕っております。山の井の清水は清く澄んで深いのです」。なおこの歌をよく読みますと、**あさかやま**の第一行は全てが〔**ア行**〕母音の固有名詞。二行目から最後の行の頭がすべてが〔ア行〕であることです。これは歌のリズムと〔ア〕から受ける明るい印象としての効果が、これほど揃っている歌は他にはありません。実に洗練された言葉が並び、しかも、その詠われた内容の心の深さに、紀貫之(きのつらゆき)も絶賛したのでしょう。あえて深い思いを〔深い〕と言わず〔浅い心ではありません〕と表現するこの「奥ゆかしさ」は何とも控えめな陸奥の国の女性ならではの表現です。そこで、当歌はあまりに整い過ぎていたので、また他と比較できない程の深い内容なので敬遠されたものなのでしょうか、後の万葉集研究者たちは当歌を、誰ひとり名歌とも秀歌とも推薦していないのです。紀貫之らが「手習う人よ、最初に習いなさい」とまで推奨している歌にもかかわらず。

あさかやま　影さへ見ゆる　山の井の　浅きこころを　我がおもはなくに

『万葉集』巻十六・３８０７番に載る、最も重要な歌。本書においては特に「**あさかやまの歌**」が「万葉集を代表する最高唯一の麗歌」であることを改めて述べるものです。

その第一は、当歌が東北に位置する現在の福島県郡山市片平町の安積山（額取山１００８・９ｍ）の麓で詠まれた歌とされていること。そして後年、勅撰和歌集である『**古今和歌集**』及び『**新古今和歌集**』の「序」において「**難波津の歌と安積山の歌は、和歌の父母であり、手習う人初めにもしける**」つまり、「和歌を学ぶ人は、先ずこの歌を手本としなさい」とまで記された歌であること。さらには、折しも平成二十年（２００８）五月に滋賀県甲賀市信楽町紫香楽宮（しがらきのみや）跡から当二歌が「**一枚の木簡**」の裏表に記されたものが「万葉歌として初めて発掘・発見されたこと」によるものです。それも当時を語る史跡的に最も重要な、実際にその時代に詠まれたであろう現場、その背景がこの発見によりかなり明らかになったこと、「当時の時代」が蘇ったからでもあります。

そこで、再び「あさかやまの歌」について述べますが、当歌にはとても重要な「題詞（だいし）」が添えてあります。その一部はすでに『古今和歌集』の「序」でも紹介されていましたが、『万葉集』に載る原文は次のようなものです。記載された「あさかやまの歌」の最終編纂での「万葉仮名」は「一字一音ではなく」漢字本来の意味も含めた総合歌に進化しています。

安積香山　影副所見　山井之　浅心乎　吾念莫國

右歌、傳云葛城王遣　乎陸奥國　之時、國司祇承緩怠異甚。
於　時王意不　悦、怒色顕　面。難　設　飲饌、不是宴樂。
於　是有　前采女、風流娘子。左手捧　觴。右手持　水、
撃　之王膝、而詠　此歌　尓乃王意解悦　樂飲終日

右の歌は、伝えて曰く「葛城王、陸奥国に遣さえし時に、国司の祇承緩怠なること異に甚し。時に王の意悦びず、怒りの色面に顕る。飲饌を設けども、肯へて宴楽せず。ここに前の采女あり、風流びたる娘子なり。左の手に觴を捧げ右の手に水を持ち、王の膝を撃ちて、この歌を詠みき。すなはち王の意解け悦びて、楽飲すること終日なりき。

右の歌、つまり「あさかやまの歌」を「伝えて言うには」の件ですが誰が誰に伝えたのであろうかと筆者は疑問を持ちました。つまり『万葉集』には《**伝えて曰く**》の題詞が十三ヶ所ほど出てきますが、これは「家持がある人から直接聞いたことを述べたもの」ではないか。では、家持に伝えた人とは誰か。筆者は、当然それは「師であり上司であった橘諸兄（前の葛城王）、その人ではないか」と考えます。

あさかやまの歌が詠まれた経緯を、この題詞は実に具体的な内容で説明しています。先ず、葛城王が、ここ陸奥国・安積を訪れた時期と理由ですが、先の年表と照らし合わせるとよく理解できます。時は神亀元年（７２４）、それは聖武天皇が新しく即位した年にあたり、奈良に都を定めて十四年、折しも陸奥には多賀城が竣工された記念の年でもありました。

王家の一人として当時の**葛城王**は、馬寮監（馬の総管理者。当時馬は運輸・軍事に欠かせない部門）であり、東北は馬の特産地でもあったことから按察使（地方行政を監督する令外官）として訪れたのです。ところが、当時の接待者である国司（律令制で中央から派遣され政務を任されていた地方官）の祗承（接待役）の振舞いが礼儀も知らず態度も不遜であったことから、腹を立てた葛城王はその後どんなに国司が機嫌を取ろうとしても怒りがおさまらず、お膳にも一切手をつけようとはしませんでした。そこに二年前の帰還令で安積に戻っていた**前の采女**が、まさに優美な仕草で左手に盃を捧げ右の手に水を持って王の前に現れ、そして王の膝を少し打って「**あさかやまの歌**」を詠じたのです。すると、王の心はただちに解けて機嫌を取り直し、それから楽しく飲食すること、時を忘れるほどであった、と述べているのがこの件です。

そこで、私どもの故郷・福島県郡山市旧「安積の国（安積郡）」で起こった**葛城王と采女との出会い**こそが、この『万葉集』すべての原点になるというのが、これまで誰も記すことのなかった視点のひとつです。

■ 歌枕「あさかやま」とは「安積の国の山々」を指し　また「山の井」とは「猪苗代湖」のこと？

実は、歌の解釈には「総別の二義」があると言われています。「歌の世界」ならではの普遍的展開での解釈です。歌に詠まれた文字どおりの解釈、それと「深読み」とされ「譬喩歌」などで考察される解釈です。そこで「あさかやまの歌」を、私は次のように詠み返してみました。

あさかやま　影さへ見ゆる　山の井の　浅きこころを　わが思わなくに

あさか山（安積の国の山）の美しい姿を映しだす、清らかな山の中の井（池・湖）のその水のように、私の心は清く深く、決して浅い思いなどではありません。

まさに当時の「安積の国」は、陸奥北限の郡司のいた地であり、現郡山市（旧安積郡）、二本松市（安達郡）、田村市（田村郡）、さらに最近、宮城県多賀城市の市川橋遺構から出土した木簡に「**安積郡長江郷□□部□□米□□斛**」と記され、長江郷は現在の南会津で、下郷・田島周辺にあったとされる郷でしたので、当時は、それらを含む広大な地域を有していた郡とも考えられます。ゆえに会津嶺（磐梯山麓）をも見渡せる範囲、また安達太良連峰総じての「安積の国の山」でありました。その山並の中にある「山の井」こそ「猪苗代湖」であったのではないか、つまりその湖に映る影・姿こそ、磐梯山であり、貴方さま（葛城王）でありますと、安積采女は詠じたのです。この山の井（湖）のように、私の心は深く、決して浅いものではありません。当時、地元の者であれば、誰しも山陰の猪苗代湖の存在を知っていたことは確かですし、その話もされたことでしょう。だいいち「山の影・姿まで映し見える水面」であるなら、小さな井戸や池では到底無理な話です。歌ではそれを謙譲して、あえて「山の井」と小さく表現したのです。その奥ゆかしさ、それ故に葛城王も「実に雅びな乙女である」と絶賛したのではないでしょうか。かつて古代歴史学者として著名な東北大学名誉教授・高橋富雄先生による「安達太良山が、安積山とも呼ばれていたのでは」との論説を思いだしました。まさに歌に詠まれた「あさかやま」を「安積の国の山」と解すれば全て納得できます。猪苗代湖はまた、いつの時代からか「天を映す鏡」といわれ、大正時代に皇家・有栖川宮が別荘を猪苗代翁島に創建し、昭和天皇婚礼時には新婚旅行においでになり宿泊されたという国指定重要文化財「天鏡閣」が今にあります。

なお、『万葉集』には当時詠まれた歌は「あさかやまの歌」の外に次の四首があります。

会津嶺の　国をさ遠み　逢はなはば　偲ひにせもと　紐結ばさね

（巻十四・３４２６）

会津嶺（磐梯山と言われている）の国から遠く離れるので、逢えなくなったなら、偲ぶよすがのために、約束の紐を結びましょう。

※ 当歌音律のつくりをよく調べてみますと、先の「あさかやまの歌」の第一行がすべて「**ア**」の母音「アアアアア」となっていますが、当「会津嶺の」の発句は「アイウエオ」となっています。単なる偶然でしょうか。

つくしなる　匂う児ゆえに　陸奥の　かとり乙女の　結ひし紐解く

（巻十四・３４２７）

つくしのように匂う、可愛い陸奥の香取神社の乙女に逢ったがゆえに、約束の紐も解けてしまったよ。

あだたらの　嶺に臥す鹿猪の　ありつつも　吾は到らむ　寝処な去りそね

（巻十四・３４２８）

安達太良山に宿る獣（鹿や猪）のように、私はいつまでもおまえの処を訪れよう。だからお前は、決してその寝床を去ってはいけない。いつまでもそこにいておくれ。

陸奥の　あだたら真弓　弾き置きて　反らしめ来なば　弦着かめかも

（巻十四・３４３７）

陸奥（当時は安積の国が北限）の安達太良山の真弓の木でつくられた弓は有名。その弦を弾いておいて、さて後に弦を外し、反り返ったままにしておいたならば、再び弦を張ることなど、どうしてできようか。愛の言葉もそのままにしておいてはいけないのですよ。

四　「安積」という地名の由来

古代の陸奥「安積」は「阿尺・浅香」の字で表記されていました。現在の郡山市全域と安達郡・二本松市・田村郡・田村市、また、一説では南会津を含む広域な地域でした。

『先代旧事本紀』十三代成務天皇時（二世紀初頭）には「阿尺国造（あさかのくにのみやつこ）」が治めた国とされ、大化元年（6

45）の国郡制定、『続日本紀』に「阿尺・浅香の国」などと記されます。和銅六年（713）「諸国郡郷名著好字令」により、それまでの阿尺・浅香は「**安積**」**と記されることに**。『和名類聚抄』は平安時代の承平年間（931~938）わが国最初の国語・百科辞典で「安積は阿佐可**（あさか）**と訓（読む）」と明記。通常この字をもって「あさか」とは読まない特例の音訓です。ところで、延喜六年（906）「延喜式（律令の施行細則）」で「安積」は、北部を「安達郡」として分離され、平安時代末には阿武隈川の東側を「田村庄」とし分離されます。これは「坂上田村麻呂（さかのうえのたむらまろ）」を祖先とする田村氏が、当領域を荘園化したためとされますが、やがて武士の支配により荘園がなくなると、「田村庄」ではなく「田村郡」となります。以降「安積」に関する領域として明治維新まで続くことになります。

〔安積郡〕

『和名類聚抄』には、「**安積郡八郷**」と記され、入野（いぬ）郷（大槻）・佐戸郷（岩代町）・芳賀郷（方八町）・小野郷（小野新町）・丸子（わにこ）郷（三春町近辺）・小川郷（田村町）・葦屋郷（郡山中心部）・安積郷（日和田・富田・片平地区）として明確に安達・田村郡が含まれていた証左です。以後「延喜式」や「田村庄」時代を経ますが「安積郡」は健在で明治まで続きます。

明治十二年（1879）「郡区町村編制法」福島県の施行により、郡山町を含む「安積郡」として富久山・山野井・丸守・喜久田・富田・河内・片平・多田野・大槻・桑野・三和・穂積・豊田・永盛・小原田・月形・箕輪・福良・赤津の「一町十九ヶ村」となり、以後大正十三年（1924）

から郡内村々の合併が進み、昭和四十年（１９６５）「郡」として最後まで残った安積町・日和田町・富久山町・熱海町・三穂田村・逢瀬村・片平村・喜久田村・湖南村、そして「旧田村郡」であった田村町・中田村・西田村が郡山に編入されるにおよび、行政上での「安積郡」の名は消えます。

■都に戻った葛城王

さて、安積の国から都に戻った葛城王（かつらぎおう）は当然、聖武天皇に陸奥の実情を報告。その中で特に印象深かったのが**「安積采女（あさかうねめ）との出会いとそこで詠じられた歌」**だったのでしょう。葛城王は事ある毎に**「安積・あさか」**と口癖のように言っていたと思われます。このことが、その四年後の神亀五年（７２８）聖武天皇の皇子となる**「安積親王（あさかしんのう）」**誕生となるのです。「安積・あさか」という地名の由来は先に述べたとおりですが、通常「安積」と書いて「アサカ」とは決して読めないし、現代も地元を離れれば「あさか」とは読んでくれません。おそらく当時もそうであったと思われますが、このことは天皇の皇子の御名前が、まさに「安積」と記され「**あさかのみこ**」とこの地名と同じ字と訓で読まれたのですから、大変重要な歴史的称号となりました。なお「安積親王」については「十　安積親王の誕生」「十三　安積親王と共にある悦びと突然の親王の急逝」の項で詳しく述べます。勿論地元である福島県郡山市を中心に、この「安積」の字を冠した学校・会社・地名は厳然と「あさか」として定着していますが、県外にでますと、やはりこの呼称は忘れられています。

改めて記しますと、それは遠く奈良時代の正確には和銅六年（713）元明天皇時の五月**諸国郡郷名著好字令**（各地方名を好字をもって表す）の勅令により、古来から「阿尺」ないし「浅香」と記されていた当地方は「**安積**」の字をもって「**アサカ**」と読むことと決定されたのです。しかも当時の**安積の国**は先に述べたとおり、二本松市また田村市を含む安達郡・田村郡を擁する広大な地域でした。

それから、幾多の歴史の変遷を経て、遂に昭和四十年（1965）の安積九ヶ町村と田村町・中田村・西田村の郡山市への大合併によって「安積郡」としての名は消え大郡山市を自任することになりました。

この折誰かが「**安積市**」を提唱していれば、名だたる「**安積・あさか**」は地名として残ったのではないかと筆者は残念に思っている一人です。郡山市は令和六年（2024）に百年を迎えます。来るこの折に「安積市」復活を提案される方はおいでにならないでしょうか。「経済県都」としてのみに甘んじることなく「歴史と文化の都市」として。

五　『古今和歌集』『新古今和歌集』などによる高い評価

「あさかやまの歌」は、歌の母

「あさかやまの歌」の位置付けを改めて検証しますと、その後のわが国における「文芸発展の礎」である意義の大きさに改めて身の引き締まるのを覚えずにはおられません。先ず『古今和歌集』。そして、『大和物語』で語られ、『今昔物語集』に現れ『新古今和歌集』でさらに評価され、江戸時代に至っては、彼の松尾芭蕉を『奥の細道』へと誘い、享和三年（１８０３）には後年、歌舞伎で演じられることになる『復讐奇談・安積沼』（山東京伝著）となって語り継がれたからに他なりません。

『古今和歌集』仮名序

『古今和歌集』は「続万葉集」とも言われる、平安時代のわが国最初の勅撰和歌集（天皇の命によりなされた和歌集）で全二十巻約千百首からなり『万葉集』が世に出て百八年ほどたった延喜十四年（９１４）頃になされた歌集です。この時代は第六十代醍醐天皇（８８５～９３０）で編者は紀貫之（８６８～９４５）・紀友則・凡河内躬恒・壬生忠岑らです。その序文は、紀貫之が記したものとされ、しかも、それはわが国で生まれた最初の［仮名文字］によって書かれたもので《仮名序》と呼ばれるその序文です。

やまと歌は人のこころを種として、よろづの言の葉とぞなりける。世の中にある人、ことわざ繁きものなれば、心に思ふことを見るもの聞くものにつけて言ひだせるなり。花に鳴くうぐいす、水に住むかはづの声を聞けば生きとし生けるもの、いづれか歌をよまざりける。・・・（中略）

難波津に　咲くやこの花　冬ごもり　今は春べと　咲くやこの花

難波津の歌は帝の御初めなり、おほさざきの帝の難波津にて皇子と聞こえける時東宮を互ひに譲りて位につきたまはで、三年になりにければ王任（わに）といふ人いぶかり思ひて詠みてたてまつりける歌なり。この花は梅の花を言ふなるべし。

安積山　影さへ見ゆる　山の井の　浅きこころを　わが思わなくに

安積山の言葉は采女のたはぶれよりよみて、葛城王を陸奥へつかはしたりけるに国の司（つかさ）、事おろそかなりとて、まうけなどしたりけれど、すさまじかりければ、采女なりける女かはらけとりて詠めるなり、これぞおほきみの心とけにける。
　この二歌は歌の父母のやうにてぞ、手習ふ人のはじめにもしける。

やまと歌は人の心を種として、よろづの言の葉とぞなりける。つまり『万葉集』のこと。そして、その核心が「**難波津の歌は和歌の父**。**安積山の歌は和歌の母**」と示され「手習う人は最初にこの歌を手本にしなさい」とまで言っています。当時の文化人を代表する和歌の第一人者である紀貫之（きのつらゆき）が記した素晴らしい「あさかやまの歌」推奨の件です。これをもってしても当歌が『万葉集』の顔であることがわかります。

　この序文で特に取り上げられた「難波津の歌」と「あさかやまの歌」が、後に詳しく記しますが平成二十年（2008）五月二十二日、滋賀県甲賀市信楽町・紫香楽宮（しがらきのみや）跡から「歌木簡」として発掘・発見されたというニュースが入ってきたのです。この項については次の項「六　**あさかやまの歌木簡**　発見さる」で詳しく述べます。歴史的検証で、紀貫之らが記したこの「和歌の父母」とする歌のセットの実態は、その時代から百七十年も遡ることが証明された瞬間でした。この項では、さらに後世、多くの文芸作品に発展、紹介されていった「あさかやまの歌」を原点とする代表作をご紹介します。

『大和物語』

『**大和物語**』は天暦五年（951）頃の成立。平安時代の物語集で、当時の貴族社会の歌語りを中心とした「歌物語」で作者は不詳。少し前の『伊勢物語』の系統を引く百七十余話の小説話から成っていて、後半の四十編は歌に結びついた伝説的説話として注目されており、その百五十五段「あさかやまの歌」からの文芸的言い伝えは、新たな物語を生んでいきます。原文としては読み難いので、現代文に要約したものをここにご紹介します。

〔百五十五段〕

昔、ある大納言の家にとても美しい娘がいた。ゆくゆくは帝（天皇）にお仕えすることになるだろうと大変大切に育てられていた。ところがある日、近くに住む内舎人（うどねり）（御所役人）なる男が、この娘を見初めるや、その顔容貌のあまりの美しさに惹かれて何ごとも手がつかなくなってしまった。昼夜を問わず大変恋しく、思い詰めては病になる始末。そこで、男は決心し、ある夜を見計らい、娘をかき抱いて馬にのせ、夜ともいわず昼ともいわず走りに走って陸奥国・安積の里へとたどり着いたのである。

ふたりは安積山の麓に庵を結び暮らしはじめるが、生活のためには働きに出なければならず、男は、四、五日留守にしたのである。その折、娘は庵を出て、山の井の清水にやって来て、ふと水に映る自分の姿を見た時、娘は、思いもよらない恐ろしい姿に化していたのを見て、大変哀しくはずかしいと思ってしまった。娘は悲しみに暮れ、次のような歌を詠んで死んでしまったのである。

あさかやま　かげさへみゆる　山の井の　あさくは人を　思ふものかは

おとこ帰り来て、娘の死せる姿にいとあさましきと思いけり。山の井なりける歌をみて、おとこも傍にふせて死にけり、世のふるごとになむありける。

と記しています。なんと悲しい物語でしょうか。あさかやまの歌は都へとのぼり広く詠われては、多くの人々の心を打ったのでしょう。そこで、都のある作者が、陸奥へのあこがれに深い想いを馳せ、今度は都から「恋こがれる娘」との情景を込めて、陸奥への逃避を夢みた悲恋の物語となったものです。謂わばこの物語は「あさかやまの歌」への返歌と言える作品です。

『今昔物語集』

『大和物語』で語られた「陸奥国・安積の舞台」は、さらに約百年後に成った『今昔物語集』には、わが国最大の「古代説話集」で全三十一巻（現存二十八巻。巻八・十八・二十一が失巻）全一千余の説話からなり、全編が「今は昔」から始まることから『今昔物語集』と呼ばれます。内容は、天竺（インド）、震旦（中国）、本朝（日本）の広い世界観があり、仏教説話も多く、中に多くの教育的要素が含まれています。「**あさかやまの歌**」から派生した本編は、本朝雑事部巻三十の八に載る「大納言の娘、内舎人（うどねり）に取らるる語」として登場します。

すじがき内容は『大和物語』とほぼ同じで、詠まれた歌も、下の句の「あさくは人を思ふものかは」も同じですが、『大和物語』より、なお具体的詳細に語られ登場人物も二人の従者をつけるなど、より現実味を帯びたものとなっています。「帰りたる夫、死にたる妻の傍らに添い臥して、思い死にけり」の後に、「この事は従者の語り伝えたるにや、世の旧事になむ云ひぬる。然れば、女は従者なりとも男には、心許すまじきなりとなむ、語り伝へたるとや」と付け加え、やや教示的な意向のみえる「昔ばなし」として語り伝えられました。

『新古今和歌集』真名序

さらに、重要な推奨文とされたのが『新古今和歌集』です。これは先の『古今和歌集』からすでに二百九十年ほど経った元久二年（１２０５）鎌倉時代初期、後鳥羽上皇の勅命により成った「第三の万葉集」とも言われる『新古今和歌集』で、当時の一流歌人で編纂された勅撰和歌集です。そこには『小倉百人一首』でも有名な藤原定家（ふじわらのていか）（１１６２〜１２４１）をはじめ、堀川通具（みちとも）・六条有家（ありいえ）・寂蓮（じゃくれん）らが『万葉集』と同じ二十巻に纏めた歌集です。歌の数では千九百八十首で『万葉集』の四千五百十六首の半分にも満たないのですが、重要なのはこの書の序文つまり『古今和歌集』の時と同じように、今度は漢字ばかりの「真名序（まなじょ）」（漢文で記された序文）となっています。藤原親経（ちかつね）の文章とされています。

《真名序》

夫和歌者、群徳之祖、百福之宗也。玄象天成、五際六情之義未著、素鵞地静、三十一字之詠甫興。

爾来源流寔繁、長短雖異、或抒下情而達聞、或宣上徳而致化、或属遊宴而書懐、或採艶色而寄言。誠是理世撫民之鴻徽、賞心楽事之亀鑑者也。是以聖代明時、集而録之。各窮精微、何以漏脱。然猶崑嶺之玉、採之有余。鄧林之材、伐之無尽。物既如此、歌亦宜然。仍詔参議右衛門督源朝臣通具、大蔵卿藤原朝臣有家、左近衛権中将藤原朝臣定家、前上総介藤原朝臣家隆、左近衛権少将藤原朝臣雅経等、不択貴賤高下、令摭錦句玉章。神明之詞、仏陀之作、為表希夷、雑而同隷。始於曩昔、迄于当時、彼此総編、各俾呈進。毎至玄圃花芳之朝、璅砌風涼之夕、斟難波津之遺流、尋浅香山之芳躅、或吟或詠、抜犀象之牙角、無党無偏、採翡翠之羽毛。裁成而得二千首、類聚而為二十巻。名曰新古今和歌集矣。時令節物之篇、属四序而星羅、衆作雑詠之什、並群品而雲布。綜緝之致、蓋云備矣。伏惟、来自代邸、而践天子之位、謝於漢宮、而追汾陽之蹤。今上陛下之厳親也、雖無隟帝道之諮詢、日域朝廷之本主也、争不賞我国之習俗。方今荃宰合体、華夷詠仁。風化之楽万春、春日野之草悉靡、月宴之契千秋、秋津洲之塵惟静。誠膺無為有截之時、可顕染毫操牋之志。故撰斯一集、永欲伝百王。彼上古之万葉集者、蓋是和歌之源也。

それ和歌は、群徳の祖、百福の宗なり。玄象天成り五際六情の義未だ著れ素鵞（そが）の地静かに、三十一字の詠はじめて興る。しかしてより源流まことに繁く、長短異なりといえども、或いは下情を抒べて聞に達し、或いは上徳を宣べて化を致し、或いは遊宴に連り懐（こころ）を書し、或いは艶色を採りて言を寄す。誠にこれ理世撫民の鴻徽（こうき）賞心楽事の亀鑑なる者なり。ここを以って聖代の明時《難波津の遺流をくみ、浅香山の芳躅を尋ね》翡翠の毛を採れり。いかでか我が国の習俗を賞せざらむ。かの上古の萬葉集はけだしこれ和歌の源なり。

〔要約〕

和歌というのは多くの人々の徳・精神性の高さと品格を基とし、百福とは幸せと裕福の大本である。玄象とは、万物の根源・大自然の五際六情・人として護るべき規律と喜怒哀楽愛憎の感情などが、三十一文字の歌として成ったもので（中略）誠にこれ理世・世を治め、撫民・民を慈しむ、鴻徽とは大いなる心、これは全ての模範であり鏡である。これをもって聖主の治める御代は栄えるのであると。そして「難波津の遺流をくみ」仁徳天皇時の歴史を求め、「**浅香山（安積山）の芳躅を尋ね**」芳躅とは、素晴らしい行跡・古人の事績の敬称語で、是非みなさん安積山を訪ねて古人の魂に触れてみて下さい。それは、まさに翡翠・かわせみの羽を得るように美しく素晴らしいものです。と宣べている。これほどのわが国における習俗の誉れが他にありましょうか。

つまり、古代の『万葉集』はこれ和歌の源であるのです、と『新古今和歌集』の選者たちも重ねて言っているのです。これ以上の讃美称賛、これほどの文化的観光地としての紹介が他にあるでしょうか。わが国の三大和歌集と言われる『万葉集』『古今和歌集』『新古今和歌集』の中で、最も後世に伝えたい歌こそ「**あさかやまの歌**」であること、つまりわが故郷で詠まれたこの歌こそ、広く伝えたいものです。また不思議なことですが、このセットの歌であった一方の「難波津の歌」

は『万葉集』のどこを探しても入っていないことです。だからなお「あさかやまの歌」が『万葉集』を代表する唯一の歌ということになる訳です。さらには、「あさかやま」は歌の枕詞、所謂「**歌枕**」にもなった凄さです。「歌枕」とは、昔の歌文に見られる修辞法の一つで、和歌などでは特定の語句に冠して句調を整える語句となるものです。よく使われる歌枕には「たらちねの」「あしひきの」「あらたまの」などありますが、「あさかやま」は固有名詞でありながら、即歌枕となった素晴らしい事象の一つです。『枕詞辞典』からの安積山に関する歌を、後世の歌人は次のように詠んでいます。つまり「あさかやま・安積山」は、広く「陸奥・安積の国」を意味する歌枕であったのです。それらの歌のうち七首をご紹介します。

安積山　霞の谷し　深ければ　わがもの思ひは　晴るる世もなし
（『古今和歌集』六帖　巻二・１０１３）

安積山　浅き心を　とりすてて　わが難波津の　花を散らすな
（『捨玉集』　５０９１　慈円）

敷島の　道の奥なる　安積山　深き心を　いかで知らまし
（『新千載集』雑中　２３１８　栄海）

安積山　仰げば高き　この道に　身はしもながら　迷はずもがな

（『文保百首』２６９３　国冬）

いにしえの　われとは知らじ　安積山　見えし山井の　影にしあらねば

（『新勅撰集』５３５　蓮生）

安積山　その山の井の　忘れ水　浅くも袖を　濡らすころかな

（『捨玉集』２８１８　慈円）

安積山　片平越えて　来てみれば　初ほととぎす　音信（おとずれ）ぞする

（連歌師・猪苗代兼載　１５０２年）

『古今著聞集』

鎌倉時代の建長六年（１２５４）に成立した、二十巻七百話でなる日本三大説話集『今昔物語集』『宇治拾遺物語』の一つで、橘成季（なりすえ）編、「或る内舎人（うどねり）大納言の娘を盗みて奥州浅香郡（安積郡）に逃ぐる事」として収録されています。

江戸時代には、松尾芭蕉が『**奥の細道**』に伝えています。

■ 本当の安積山

本当の安積山がどこであるかに異議ありとする説があります。郡山市日和田町にある、もと奥州街道沿いの小高い山こそ安積山だと言い、また、福島県中通り地方に、堂々と聳える安達太良山が安積山と呼ばれた、とする説です。確かに戦国時代から江戸期にいたる古文書の中には、それらしい記述はあるのですが、後者にいたっては『万葉集』に、

陸奥の　安太多良真弓　はじき置きて　反らしめきなば　弦は着めかも

（巻十四・３４３７）

とあります。「みちのくの安達太良山の壇弓（真弓の木）で作ったすばらしい弓であっても、そのままにして置くと弦はつかえなくなってしまいますよ（だから恋はできる時にしておくべきなのよ）」があり、明確に安達太良山と安積山は別けてあるので一応は外されますが、先の解釈のように、歌に詠まれた「あさかやまの歌」を「安積の国の山」と解すれば、「別して」と「総じて」の理解により解消することができます。

奥州街道沿いの安積山においては、先の、当時かなり有名であった「安積沼」があり、その脇

にある山が安積山と名づけられたとされるものです。当然、歌枕に詠われた安積山であるから、遠く江戸あたりから「みちのく」を訪れる旅人たちは、道すがらの安積山に登ることによって、感慨ひとしおであったことでしょう。しかし、その場から西の奥羽山脈本来の安積山を知る人は、はるかにけぶる別称・額取山を仰いだに違いありません。

元禄二年（1689）、松尾芭蕉が「奥の細道」の旅の途中この安積沼に差し掛かった時、『古今和歌集』からの一節を思い浮かべ「みちのくの安積の沼の花かつみかつ見る人に恋ひやわたらむ」と詠まれた花を日暮れまで探し歩いたが、遂に見つけることができなかったというくだりは有名です。

等躬が宅を出て五里斗、檜皮の宿をはなれて、あさか山あり、路より近し、此あたり沼多し、かつみ刈る比もや、近うなれば、いづれの草を花かつみとは云うぞと、人々に尋ね侍れども、更に知る人なし。沼を尋ね、人に問い、かつみ　かつみと　尋ねありきて、日は山の端にかかりぬ・・

一方で、芭蕉に同行した弟子の曾良の随行日記に「山の井は日和田から三里ほど西の片平の村にあると聞き不思議なことだ」と述べています。

現在、片平町の「山の井公園」には、采女（うねめ）が身を投げたと伝わる「山の井の清水」があり、近くに采女と葛城王（かつらぎおう）を祀った「王宮伊豆神社」もあることから、別称「額取」と呼ばれる山が安積山として最も有力だとされています。なお、額取の名称は鎌倉時代からの改称で、源氏の政権になった時、頼朝にとって曽祖父の父・八幡太郎義家がこの山で元服（前髪を剃る・額を取る）をしたという言い伝えから名付けられたものとされています。

※安積山の別称「額取山」を調べると、逢瀬片平奥のほかに同じ奥羽山脈に連なる南13・5㎞に八幡岳（1102ｍ）があるが、ここは須賀川市（旧・岩瀬村）の奥で、その南東1・5㎞のところに標高941ｍの同名の「額取山」があります。これらは八幡太郎義家の所縁ある地となっているが、三つもある必要はなく、本来の北側の山は、正式に「安積山」と戻すべきであると筆者は願っています。

また、芭蕉の「おくの細道」には記載されませんでしたが、この旅の折に詠まれたとされる歌が、この度、安藤智重氏（安積国造神社宮司）によって明らかになりました。

それは、「**安積山　かたびら干して　通りけり**」の句です。俳人・茂呂何丸（そろなにまる）（江戸時代の俳人・俳諧学者）が遺した「芭蕉翁句解参考」にあったことに加え、地元・安積国造神社に伝わる「安藤親重覚書」から確認されたというものです。歌原文は「**浅香山　帷子ほして　通里介李**」と記され、浅香山は当然、安積山のこと。帷子（かたびら）は、ひとえの衣服。実は、同音の「片平」が安積山のある里・片平村。それが雨の日だったのか濡れた帷子を干しながら、この地を通り抜けたという歌です。芭蕉は当然「あさかやま」が**歌枕**であることを充分承知しての、またこの地・片平を帷子と詠み込んでの秀歌でありましたが、何故か「おくの細道」には記されませんでした。残念でしたが、得てして真の名作は埋もれてしまうものかも知れません。しかし、こうして発見されたのも名作故ではないでしょうか。令和二年四月、当歌の碑が安積国造神社境内に建立されました。同歌の碑は、もう一つ隣地の善導寺にも建立されました。

「安積沼」

さらに、あさかやまの歌から派生した、江戸時代から今日まで歌舞伎で時折上演される「**安積沼**（あさかぬま）」が有名です。江戸時代後期の戯曲家で浮世絵師の**山東京伝**（さんとうきょうでん）（1761〜1816）の作で次のような演出となっています。

舞台は、安積山の麓にある「山の井の清水」から思いは広がり、「安積沼」となって、男女の複雑化した怖い命の物語は、陸奥から江戸へ、江戸から陸奥へと展開してきました。それは別名「**復讐奇談・安積沼生きていた小平次**」として上演されました。

薄暗い舞台の幕が開く前「ここは奥州郡山にある安積沼。一艘の小舟でふたりの男が釣りをしている・・・」の名文句が義太夫の語りから幕が開くのだが、その内容は実におどろおどろしい物語として展開するのです。

〔巻四　第七条　小平次於、安積沼淹死事〕

そもそも安積の沼というのは、「みちのくの　安積の沼の　花かつみ　かつ見るひとに　恋や渡らん」、また「あやめ草　ひく手もたゆく　長き根の　いかであさかの　沼に生えけん」など、古歌にも詠まれて名高いところである。

古（いにしえ）に、この地に広い大沼があった。しかし、次第に埋もれて今は少し残っているだけである。舟べりから二人は四方を返り見ると、高名にふさわしい安積山を一望し丁度木々が紅葉して、雨後の景色はさらに色づき素晴らしく、まさに朱を注いだようで、花かつみ、菖蒲草、杜若（かきつばた）の類、ここかしこに枯れ葉であるけれども面影を残していて、夏の頃は蛍もさぞ美しかっただろうと想像される。鴫（しぎ）、鳰（におどり）など様々な水鳥が遊んでいる様子は、情趣を解さない人でも流石に感動し、えも言われないほどの光景なので、大いに喜び、沼の真ん中に舟を留めて、破子小竹筒を取り出し、二人は酒を酌み交わしつつ釣り針を下ろすと、左九郎が言った通り、少しの間に沢山の魚が釣れたので、その後は酒を飲むのもすっかり忘れて、ただ釣りにばかり集中して余念がなかった。ちょうどその時、小平次は大きな鯉を釣り上げ、踊り跳ねているのを「それそれ早く押さえろ。逃がすなよ」と言って立ち騒ぐと、小平次は誤って舟べりを踏み外し、うつ伏せになって水中にどっと落ちた。友の左九郎が助けようとしたが、小平次は、誰か来て私を水中に引き入れて水を飲ますようだ、のどを絞めるのは、あ、苦しい耐え難い、と言いつつ沼深く沈んで行った。

これには策略があったのである。

実は、左九郎は友・小平次の妻お塚と姦通の仲で、機会を作って小平次を殺し自分の妻にしようと狙っていたのだ。この間物語はかなり複雑に展開するが、やがて矢張り悪いことはできないもので、ほどなくして左九郎は重く熱い息を苦し気に吐き、手足をもがき溺れ死ぬ者のように苦しみ、ついにある夜狂い死にしてしまうのである。あ、恐るべし淫婦お塚も五本の指を切られ狂人となって、ついに異常な死に方をし、空き家となった家財は塵ほども残らなかったという。これはすべて小平次の死霊の仕業で、因縁が報いで為した術である。その後、この芝居に関わる者、小平次の死霊の物語をする人あれば、必ず不思議なことがあると言って、芝居の人は恐れて語ることはなかった。だから世の中で詳しくは耳に入らないのだという、ただある老人の話を聞き、導善除悪の一助にもと思って、聞いたままに書いたのだと。

作者の言で終わっている。ざっと、このような物語ですが、歌舞伎の舞台は実に見事な情景を作り出していて、沼に浮かぶ小舟、江戸に戻った左九郎と淫婦お塚に付きまとう亡霊の小平次の演出は、実にぞっとする雰囲気をかもし出していました。

1960年フランスのルネ・クレマン監督によるアラン・ドロン主演の「太陽がいっぱい」という名画があります。実はこのストーリー、山東京伝(さんとうきょうでん)の『復讐奇談・安積沼』にそっくりなのです。友人を舟の上で殺し、その財産と妻を奪う。原作者はアメリカの女流作家パトリシア・ハイスミス(1921~1995)だが、彼女は世界中から、この類の物語を集め研究していたというから、恐らく歌舞伎も見ていたのかも知れません。

ともあれ「安積」にまつわる物語は、かなり複雑な世界にまで展開されました。「山の井」すなわち「安積沼」には、まさに「浅くはなく、深き魂が沈んでいた」という訳です。

もとより「安積親王（あさかしんのう）」の秘めた大いなる悲劇の歴史が、その背景にあったからと筆者には思えるのです。

六　「あさかやまの歌木簡」発見さる

さらに、驚くべきことが起こりましたのが、平成二十年（２００８）五月二十二日のことです。この日の夜のＴＶニュースで『万葉集』の歌が「**木簡**」として初めて、滋賀県甲賀市信楽町の紫香楽宮（しがらきのみや）跡から発見されたというものです。「木簡」とは、紙ではなく当時紙の代わりに用いられていた細長い「記録用の木の板」で、紙がなかった訳ではないが、紙は当時かなり貴重だったので、多くの記録はこの「木簡」に記されていました。もとより家持（やかもち）が最終編纂して直接残したとされる「巻物『万葉集』」原本は紙本だったことは確かですが、それは未だに見つかっていませんが、現在あるものはすべて書写としての『万葉集』で全て紙本であり、なかでも「桂本・藍紙本・金沢本・元暦校本・天治本」が「五大万葉集」とされる位置付けとなっています。ここで紙本以前の「木簡」に万葉歌が記されていたものとしては、史上初の発見であったことから大変なニュースとなったのです。しかも、そこに記されていた歌こそが、紀貫之（きのつらゆき）が『古今和歌集』の「序」で述べていた「和歌の父母」であり「手習う人初めにもしける」と記していた二つの歌であり、何とそれが、「一枚の木簡の裏表に」書かれていたという驚きでした。

　これには全国の万葉集研究者たちも大変びっくりしたそうです。なにせ『古今和歌集』の「序」に記された時代から百五十年も遡り、母の歌とされた「あさかやまの歌」とその反対側・表に「難波津の歌」がセットで記されていたのですから。ちなみに「難波津の歌」は、当時からかなり有名な歌として詠われ、以前から幾つか木簡にも残されていたものでしたが、この歌の方は何故か『万葉集』に載っていないのです。何故入らなかったのか大きな謎ですね。

　その晩、私は日頃からご一緒に故郷の歴史を研究していた大先輩であり恩師でもある、今泉正顕先生から電話を受け、早速二人で発見地の甲賀市に行こうというお誘いを受けたのでした。

　そこで「木簡の特別展示」が発見地の滋賀県甲賀市信楽町の紫香楽宮（しがらきのみや）跡に近い宮町の多目的集会施設で開催されるとのニュースから、初日にあたる二十六日朝早く、今泉先生と共に新幹線に乗り込み京都へ、そこからタクシーで甲賀市の展示場に駆け付け、当木簡を目の当たりにしました。この時の詳しい記録は多くの新聞社が取り上げ、なかでも福島県を代表する新聞社二社も展示場にて待機され、今泉先生と私の視察状況を大きく取り上げてくれました。「あさかやまの歌」発祥の地郡山・安積からの早速の視察としての紹介は、京都新聞はじめ全国紙でも多く取り上げて下さいました。このことは、木簡発見者である当時大阪市立大学教授であった栄原永遠男（とわお）先生による著『万葉歌木簡を追う』（和泉書院）にも記されました。

また、その後、平成二十一年（２００９）十月に出版することができました『安積』（歴史春秋社ムック版）に、木簡発見当時の詳しい資料を写真入りで紹介することができました。参照して頂ければ幸いです。

七　木簡出土の地、紫香楽宮跡へ

平成二十年（２００８）「あさかやまの歌」を記した木簡が滋賀県甲賀市の紫香楽宮（しがらきのみや）跡で万葉歌として初めて、しかも、その時代実際にその場所でおそらく何等かの歌会の席で詠まれたであろう「現場からの生々しい出土発見」であったことから、にわかに全国の学者も色めきたち、当時の全国版新聞でも大きく取り上げられたことからその衝撃の大きさが伺えます。

先にも述べましたが、当時、木簡発見のニュースが入るや、筆者はそれまで故郷の歴史に誇りを持つべく活動しておられた郡山文化協会名誉会長の今泉正顕先生と、発見地の甲賀市信楽町まで駆け付けその実物と対面、そして発見現場を視察しました。

『よみがえらそう紫香楽宮』

栄原永遠男（寄稿）

ここでは、木簡発見者で現大阪歴史博物館名誉館長であられる栄原永遠男先生が「甲賀市教育委員会」発行『よみがえらそう紫香楽宮』令和三年版から許可を頂きその一部をご寄稿頂きました。先の年表と併せてご照覧いただければ幸いです。

「藤原広嗣の乱」が起こった

紫香楽宮は、聖武天皇の天平十四年（742）に造りはじめられた宮です。そこでまず、紫香楽宮が造営された経過、いったんは都となった事情、しかしすぐに聖武天皇が紫香楽宮から去ってしまった理由、都が平城京にもどったあとの紫香楽宮はどうなったか、などの諸点を、時代背景を含め見てみたいと思います。天平十二年（740）九月、九州全体を統括する役所である大宰府の少弐（次官）の藤原広嗣が反乱を起こしました。なぜでしょうか。これより三年前の天平九年（737）に大流行した天然痘によって、奈良時代前期の実力者であった藤原不比等の子たち（武智麻呂・房前・宇合・麻呂）がそろって急死してしまいました。陰謀によって長屋王を打倒して成立した藤原四子政権はあっけなく崩壊し、かわって橘諸兄が政権をにぎって、反藤原氏的政策を打ち出したため、藤原氏は苦境に追い込まれてしまったのです。こうした状況にあせった藤原広嗣（宇合の長男）が、巻き返しに打って出たのがこの大反乱でした。

急報をうけとった聖武天皇はおおいに驚きましたが、十月下旬、まだ反乱が続いているさなかに、平城京を抜け出して伊勢行幸（ぎょうこう）に出発しました。これが、以後五年間にもおよぶ聖武天皇と都の移動のはじまりです。広嗣の一派が平城京で騒ぎをおこすのを恐れたためとも、以前からの行幸計画を実行したものであるとも考えられていますが、後者が妥当でしょう。

恭仁宮の造営が始まった

三重県津市白山町河口付近でしばらく滞在しているときに、広嗣逮捕、ついで処刑の報告が聖武天皇のもとに届きました。聖武天皇にとっては、このことは織り込み済みのことで、さらに伊勢湾岸にそって進み、濃尾平野を北上、関ケ原をへて近江に入り、湖東平野を南下するという旅を続けたのです。

そしてその途中で、かねてからの予定通り、「恭仁京」（京都府木津川市加茂町例幣（れいへい））を新たに造営して平城京から遷都するという驚くべき方針を打ち出したのでした。恭仁という場所を選んだのは右大臣（うだいじん）の橘諸兄のすすめに聖武天皇が応じたものと言われています。

聖武天皇にしたがっていた橘諸兄は、途中から先行して恭仁にいき、工事の段取りと天皇を迎える準備をしました。聖武天皇は、天平十二年（７４０）の十二月中ごろに恭仁の地に到着し、そのまましばらく動きませんでした。

紫香楽に離宮が造られた

翌天平十三年（７４１）は、恭仁京の造営に全力が投入された年といってよいでしょう。伊勢大神宮と全国の神社に遷都の報告が行われ、平城京の東市と西市が恭仁京に移され、恭仁京内の土地が宅地として貴族・官人などに分け与えられました。「大養徳恭仁大宮」という正式名称が定められたのも、この年のことでした。また、全国に国分寺と国分尼寺を建立せよという有名な「国分寺建立の詔」も恭仁京で出されたのです。

あけて天平十四年（７４２）も、恭仁京の造営が精力的に進められたことに変わりはありませんが、紫香楽宮に関する最初の動きがこの年にありました。二月に恭仁京から近江国の甲賀郡につうじる道路（恭仁京の東北道）が開通しました。ついで八月十一日、聖武天皇は「紫香楽村」に行幸するという詔を出し「造離宮司」を任命しました。紫香楽宮は最初「離宮」として造りはじめられたのです。

このとき「造離宮司」に任じられたのは、恭仁宮造営を担当していた造宮省の長官と次官でした。離宮の造営に造営省の首脳陣があてられるのは異例のことです。紫香楽宮の造営には、はじめから力が入れられており、恭仁京の造営と関係を持って進められたことがうかがえます。

聖武天皇は紫香楽行幸を繰り返した

こうして聖武天皇は、天平十四年（７４２）八月末から九月初めまでの約一週間、はじめて紫香楽にやってきたのでした。この行幸は聖武天皇が大仏造立の予定地を実際に見てみずから納得するためのものでした。二回目は、年末もおしつまった十二月二十九日から翌天平十五年（７４３）の元日までで、高級貴族や政府首脳陣にその地を見せて、元日に大仏造営への協力を誓わせたと思われます。三回目は同年四月のことでした。このときは、主に中下級官人たち二千四百人以上の大人数を引き連れて、同じことをくり返しました。七月末からの四回目の行幸は、十一月初めまでの三ヶ月あまりの長期滞在になりました。これまでの三回の準備的な行幸をふまえて、いよいよ大仏造立に具体的にとりかかったのです。

まず九月二十一日に、甲賀郡の人々がおさめるこの年の「租（稲3％）」は免除され「庸（年十日の歳役）・調（地方毎の特産物を納めさせる）」のとりあつかいは、天皇の膝元である畿内に準ずることとされました。これによって、「調」はこれまでの半分になり、「庸」はそれに代わるものもおさめなくてよくなりました。

このような措置は、ふつう都についてとられるものですので、このことは、紫香楽宮がのちに都とされる前提として注目されます。

紫香楽で大仏造顕の詔が出された

聖武天皇が紫香楽滞在中に行った二つ目は、十月十五日に「大仏造顕の詔」を出したことです。そのなかで聖武天皇は「天下の富と勢力をもつ朕は、国中の銅を尽くして盧舎那仏の金銅像を鋳造し、大山を削って堂を構えたい。一枝の草、一にぎりの土であっても助力したいものはこれをゆるす」とのべています。これは、日本中の人々の協力で大仏を作ろうという聖武天皇の理想を示しています。翌十六日には、東海道・東山道・北陸道の東日本三道に属する二十五ヶ国の今年の調庸物を紫香楽宮におさめるようにという指令が出されました。これは、あとでとりあげる「木簡」と深く関係する指令です。

さらに十九日には、大仏を造るために寺地（甲賀寺）を開いています。民間仏教の指導者であった行基が、弟子たちを率いて人々を大仏造顕・甲賀寺造営に参加させたのは、この時のことでした。このように、聖武天皇の四回目の紫香楽行幸の時に、紫香楽は仏教の聖地としての姿を現してきたのです。

恭仁京の造営工事はもちろん継続されており、莫大な費用がかかっていましたが、そのうえに紫香楽宮と甲賀寺の造営が重なり、さらには大仏の造顕工事も目前に迫ってきたのです。さすがの律令国家の財政も、その巨大な負担に耐えきれず、天平十五年（743）の年末に、ついに恭仁京の造営工事をストップさせてしまいました。紫香楽の工事に全力を集中しようというのでしょう。

都が難波宮に移った

ところが、天平十六年（744）になると、事態はさらに複雑になってきました。都を難波京にうつす動きが急に表面化してきたのです。官人たちや市の商人にどこを都にしたらよいか意見を聞いたところ、官人では恭仁京のほうがやや多く、市の商人ではほぼ全員が恭仁京を希望しました。

それにもかかわらず、聖武天皇は閏一月に恭仁宮から難波宮に移りました。ついで、恭仁宮にあった駅鈴（駅馬を利用できる資格を証明する鈴）・内印（天皇の印）・外印（太政官の印）や高御座（天皇の玉座）・大楯（おおたて）・器杖（きじょう）（武器）など、天皇が保持するものや天皇の存在を示すものがつぎつぎと難波に運ばれ、難波宮は都としての実質をそなえてきました。

（※このあまりに急な遷都変更の背景には余程重要な事態があったのです。筆者後記、「十三　安積親王と共にある悦びと突然の親王の急逝」項）

しかしながら、聖武天皇は二月二十四日にまた恭仁宮を通り越して紫香楽にいってしまいました。さらに奇怪なことに天皇が去ったあとの二月二十六日に、右大臣橘諸兄は「難波宮を皇都（こうと）とする」という勅を読みあげたのです。つづいて難波宮の門には、石上（いそのかみ）氏と榎井（えのい）氏によって大楯と槍が立てられました。難波宮が皇都であることを広く示す行為といえます。

紫香楽宮がついに都となった

このように、難波宮を皇都としようとする強い意志が働いていますが、一方、紫香楽宮でも事態が進展していました。諸官司（しょかんし）の建物の建設資金が支給され、また甲賀寺の造営も進み、十一月には大仏の体骨柱（たいこっちゅう）（内型の芯の木組の柱）を立てるところまでこぎつけました。このような事態は、あたかも難波宮と紫香楽宮とが対抗しあい、政治的な緊張が高まっているかのようにみえます。このような緊張は、約九ヶ月も続きました。

十一月十七日、元正太上天皇（げんしょうだいじょうてんのう）が難波宮から紫香楽宮へ移りました。このことの持つ意味は大きく、政治的緊張の緩和を意味したと考えられます。これによって、紫香楽宮を正式の都とする条件がようやく整いました。このころ「紫香楽宮」という宮号が「甲賀宮（こうかのみや）」に変わったらしいことも、これと関係があるのでしょう。翌天平十七年（７４５）の元日には、紫香楽宮は「新京」と呼ばれ、大楯と槍が立てられました。ようやく紫香楽宮が皇都であることが公示されたわけです。

さて、紫香楽宮の状況をうかがうことのできる重要史料に、大粮申請解があります。これは、各官庁が、自己の管轄下で労働に従事する技術・非技術労働者に支給する翌月分の食料をあらかじめ請求するために提出した文書で、天平十七年（７４５）分が約八十通も正倉院文書として現存しています。これを整理すると、聖武天皇が平城京にもどる直前の天平十七年四月ごろ、多くの人々が紫香楽宮（甲賀宮）で働いていたことがわかります。彼らを管理するために、もちろん官人も常駐していました。当時の官庁はいくつかの宮に分散しており、紫香楽宮にもかなりの官庁が存在したことが確かめられるのです。

都は平城宮にもどった

ところが、この年の四月から、紫香楽宮や甲賀寺の周辺の山々で火事がつぎつぎとおきました。紫香楽遷都に不満をもつものの放火と考えられています。一連の火事がおさまると、今度は地震が襲ってきました。人々に動揺が広がったことでしょう。そこで政府は、官人たちや平城京の大寺の僧たちに、どこを都とすべきかと聞いたところ、みな平城京と答えました。

五月になると、聖武天皇はついに恭仁宮に移り、ついで平城宮の中宮院に入りました。途中で天皇一行の行列をみた人々は「万歳」をさけんだといいます。六月には、平城宮の門に大楯が立てられ、都が平城宮にもどったことが示されました。こうして、藤原広嗣の乱のさなかに平城京をあとにして以来、実に約四年半ぶりに、聖武天皇は平城京にもどったのです。

その後の紫香楽宮は?

では、聖武天皇が去ったあとの紫香楽宮はどうなったのでしょうか。去るにあたって留守官(るすかん)が任命されていますから、すぐに放棄するつもりのなかったことは明らかです。しかし、人がいなくなったので盗賊がたくさん入り込んだため、官人と衛士(兵士)を派遣して、官物を収めさせました。

ここでふたたび、先の大粮申請解を見ていただくと、十月の請求分にも紫香楽宮(甲賀宮)の人数があがっていることが注目されます。貴族の邸宅があったことも正倉院文書からわかりますので、決して人がいなくなったわけではないのです。つまり、都でなくなってからも紫香楽宮は維持されていたようです。また「造甲可寺所(ぞうこうかでらしょ)」の文書も残っていますから、甲賀寺の造営工事は、大仏造営が奈良に移されたあとも続けられていたらしいのですが、最後は火災で焼失したとみられます。

紫香楽宮の発掘調査——国史跡紫香楽宮跡が調査された

信楽町雲井(くもい)学区の黄瀬(きのせ)・牧(まき)地区にある現在の「史跡紫香楽宮跡」の丘陵は、紫香楽宮跡の候補地として有名でした。ここに多くの礎石があることは古くから知られ、通称地名が「内裏野(だいりの)」

「寺野（てらの）」であることとあいまって、江戸時代から注目されてきました。大正十二年（１９２３）の黒板勝美（くろいたかつみ）の調査にもとづいて、翌年国史跡に仮指定され、大正十五年に本指定を受けています。この時点では宮跡と考えられていたため「史跡紫香楽宮跡」とされました。

はじめて発掘調査が行われたのは、昭和五年（１９３０）一月のことでした。滋賀県保勝会の調査員であった肥後和男（ひごかずお）が中心となって実施されたこの調査によって、この遺跡が、当地西側の金堂（こんどう）・講堂を中心とし、東側に塔を配する、東大寺に似た寺院の伽藍配置をとっていることが明らかにされました。その後、滋賀県教育委員会によって、調査や保存復旧工事が行われています。

（中略）

以後、平成十四年までの「内裏野地区」「宮町遺跡」からは相次ぐ重要遺跡が発見されてきました。

（中略）

「あさかやま」木簡が出現した

出土遺物の最後に、近年の大きな発見について紹介しましょう。

平成二十年（２００８）五月に「あさかやま木簡」の発見が発表されると、テレビ・ラジオ・新聞などで大きく報道されました。平成九年度（１９９７）の第二十二次調査に出土していた「難波津の歌」が書かれている木簡の裏面に「あさかやまの歌」が書かれていることが、十年後の再調査で明らかになったのです。表裏に書かれていた二つの歌を次にあげておきましょう。

安積香山　影さへ見ゆる　山の井の　浅き心を　我が思はなくに
難波津に　咲くやこの花　冬ごもり　いまは春べと　咲くやこの花

前者は、『万葉集』巻十六の３８０７番と同じ歌です。後者は、各地から出土する木簡や墨書土器その他によく見られるのですが『万葉集』には入っておらず、一〇世紀初頭の『古今和歌集』の「仮名序」に見えます。

では、宮町遺跡出土木簡に「あさかやまの歌」の歌が書かれていたことが、なぜそんなに重要なのでしょうか。まず、この木簡には、『万葉集』収載の歌と同じ歌の全体が書かれたと見られます。そのようなものが、『万葉集』以外で見つかった最初の事例として注目されます。なお、『万葉集』の歌と同じと見られる歌の一部分が書かれた木簡は、奈良県石神遺跡や京都府馬場南遺跡でも見つかっています。

しかしもっとも重要なことは、『万葉集』の成立過程を解明する糸口となる点です。この点をさらに説明しましょう。

この木簡の時期は、ある程度絞れます。一緒に出土した木簡からみて、天平十六年（７４４）末か十七年（７４５）初めごろに廃棄されたものでしょう。（※「安積親王」が急逝した年および翌年始めにあたる）一方『万葉集』は、まず十五巻本が、天平十七年から数年の間に成立したと考えられています。そうすると「あさかやまの歌」は、十五巻本ができるより前に木簡に書かれた可能性が高いことになります。つまり、この木簡の筆者は、十五巻本を見て「あさかやまの歌」

を木簡に書き写したのではないのです。

では、この木簡の筆者は、どのようにして「あさかやまの歌」を知ったのでしょうか。それは、「あさかやまの歌」が民間に流布していたためでしょう。このことは、ひるがえって『万葉集』の編纂者は、民間に流布している「あさかやまの歌」を十五巻本に取り入れたことになります。そうすると、この木簡は、『万葉集』という古代最高の文学作品が、民間に流布していた歌を取り入れて成立したことをはじめて実施する貴重な史料なのです。

この木簡は、現状では小さな断片になっていますが、もとは長さ約二尺（約60cm）、幅約一寸（約3cm）の長大なものであったと思われます。このような巨大な材の片面のみに万葉仮名で一行に歌を書いたと推定できる木簡が、各地で見つかっています。このような歌を書くための長大な木簡は「歌木簡」と呼ばれています。「あさかやま木簡」という歌木簡は、最初におそらく「なにはつの歌」が書かれ、何らかの儀式・宴の場でそれを用いて詠みあげられ、その後、裏面に「あさかやまの歌」が書かれ、別の場で使用されたと推定されます。（※「安積親王」を囲む、その擁立者たちの会合説が想定。）

ところで、『万葉集』と同じ歌が書かれた木簡は、これまでのところ石神遺跡（奈良県高市郡明日香村）、宮町遺跡、馬場南遺跡（京都府木津川市）の3遺跡で3点見つかっています。これらは、まったく偶然ですが、いずれも平成二十年（2008）に発表されました。この年は『万葉集』の研究にとっても、歌木簡の研究にとっても、深く記憶される年となりました。

この木簡の別の重要な点は、紀貫之（きのつらゆき）が書いたとされる『古今和歌集』の「仮名序」にかかわることです。そこには、「なにはつの歌」と「あさかやまの歌」とは、歌の父母のようなもので、手習うひとはこの両歌から始めるのがつねである、という意味のことが書かれています。しかし、この二つの歌をセットとすることはいつごろからのことなのかはっきりせず、紀貫之の創作とする意見もありました。しかし、この木簡の出現によって「仮名序」より一五〇年以上も前にセット関係が成立していたことが明らかになりました。このことは、「仮名序」や『古今和歌集』の研究に大きな影響を与えることとなるでしょう。

紫香楽宮では、もう一つ重要な発見がありました。木簡ではないのですが、平成十六年度（2004）の第32次調査で、「歌一首」と書かれた墨書土器が出土したのです。他にも「伊毛」「□乃古」と書かれています。「伊毛」が「妹」ならば、歌に頻出する語です。「歌一首」とあいまって、この墨書土器は、歌に関係する環境で書かれたと想定されます。

紫香楽宮が大仏や甲賀寺と関係の深い都であることは明らかです。「金光明寺」「大徳」などと書かれた木簡も出土しています。しかし、この墨書土器の出土によって、紫香楽宮の中では、「あさかやま木簡」にかかわる歌の場とは別に、さらに歌に関係する場があったことが明らかになりました。紫香楽宮は、仏教一色の都だったのではなく、貴族文化も花開いており、『万葉集』十五巻本成立直前に、歌が盛行していた様子がうかびあがってきました。

◇以上、この度、栄原永遠男（とわお）先生からお送り頂いた『よみがえらそう紫香楽宮』（編集：甲賀市教育委員会令和三年三月　七訂版）から、一部関係個所を抜粋し転載、追記させて頂きました。（※）は七海記。

■ 郡山における記念講演会

平成二十年（２００８）五月二十六日、甲賀市信楽町の紫香楽宮（しがらきのみや）跡での木簡展示を視察した今泉正顕先生と筆者は、発見者である栄原永遠男（とわお）教授とも連絡がとれ、早速に郡山でのご講演を依頼しましたところ、教授の快諾を得て同年の八月二日に「こおりやまビック・アイ」において開催。満員の受講者で埋まった悦びは大きいものでした。この折は「郡山商工会議所」の全面的なご支援ご協力があって成し得た講演会でありました。しかし、その翌年の平成二十一年九月二十八日、今泉先生は急に亡くなられてしまいました。痛恨の極みでした。

その時から十年後の平成三十年（２０１８）十月二十日、「安積」に最も相応しい会場として「安積歴史博物館（旧安積中高校本館：国重要文化財）」にて、既に大阪歴史博物館長になっておられた栄原先生による「安積山の歌・木簡発見十周年記念『万葉集』と郡山」と題しての大講演会を開催することができたのです。今回も郡山商工会議所の有志の皆様が核となって「実行委員会」を設立、準備が進められました。さらに多くのご支援を頂き、アトラクションには当市出身の世界的作曲家・湯浅譲二先生ならびに岡部富士夫先生作曲による「安積山の歌」が市民オーケストラをバックに演奏されました。実は、その折、さらに郡山の歴史にとって大きな花が添えられたのです。それは、前年の平成二十九年（２０１７）一月、昭和六年（１９３１）から昭和二十年（１９４５）七月まで歌われていたという幻の「郡山市歌（土井晩翠作詞・橋本國彦作曲）」の楽譜が発見されたと品川市長が発表されました。これぞ歴史の激動（敗戦の故に）の中に葬られていたもので、奇しくも木簡発見と共に蘇った歌でありました。それが当講演会会場で現「こおりやま市民の歌」と共に披露されたのです。しかも、オーケストラをバックに郡山混声合唱団による素晴らしい演奏でした。その歌詞は、次のようなものです。

郡山市歌　　　土井晩翠作詞　　橋本國彦作曲

一、天の時あり　地の利あり
人の和ありて　事のなる
その現証を　見よとこそ
金石透る　誠より
栄日に増す　郡山

二、安積の山と　浅香沼
古典の中に　かんばしき
あさか新たに　育英と
殖産及び　興業の
機関の名とし　今かおる

三、太平洋と　日本海
結ぶ疎水の　力見よ
大湖とともに　千載の
長きに亙る　富の基
東北一は　市の理想

四、市よその昔　大帝の
竜駕再び　とどまりし
光栄の場　つつしみて
心にしるし　ああ奮へ
先人われに　則与ふ

当歌は、現在再び蘇っても何ら問題にはならない、むしろ大いに斉唱されるべき市歌ではないでしょうか。今泉先生がこの場におられれば、いかほどお慶びになられたことかと思われてなりません。

八　『万葉集』研究者の歴史

『万葉集』は周知の通り千年に渡る名書でありますので、当然これまでには実に多くの学者が論文・研究書を出されておられます。恥ずべきことですが、乏しい知識の中で筆者が参考とさせて頂いた主なる研究者を時代に沿ってご紹介させて頂きます。

赤染衛門（あかぞめえもん）（９５６～１０４１）平安中期の女流歌人。中古三十六歌仙の紫式部と交流あり。『栄花物語（三十巻）』『赤染衛門集』

仙覚（せんかく）（1203～1272）鎌倉時代初期の天台宗僧。『萬葉集註釋』

由阿（ゆあ）（1291～1379）鎌倉時代後期の時宗の僧。「萬葉集講義」

契沖（けいちゅう）（1640～1701）江戸寛永元禄年間の真言宗僧。『万葉代匠記』

海北若沖（かいほうじゃくちゅう）（1675～1752）江戸中期の国学者。『萬葉集類林』『萬葉集師説』

賀茂真淵（かものまぶち）（1697～1769）江戸中期の国学者。『万葉新採百首解』三巻

本居宣長（1730～1801）江戸中期の国学者。『古今和歌集遠鏡』

正岡子規（1867～1902）慶応～明治時代の歌人。『歌よみに与ふる書』

佐佐木信綱（1872～1963）明治～昭和の歌人。『大伴旅人・大伴家持』

※近代上期の万葉集第一人者『萬葉集歌人研究叢書（十巻）』『萬葉集事典』他

斎藤茂吉（1882～1953）大正～昭和の歌人・精神科医。『万葉集秀歌入門』

折口信夫（1887～1935）大正～昭和の民俗・国文学者。歌集『倭をぐな』

澤瀉久孝（1890～1968）大正～昭和の国文学者。『萬葉集新釈』『萬葉古径』

土屋文明（1890～1990）歌人・国文学者。『万葉集小径』『万葉紀行』他

犬養孝（1907～1998）日本文学者。『万葉の旅』『万葉の道』など多数

五味智英（1908～1983）日本文学者。『萬葉集』『要注新抄万葉集』多数

伊藤博（1925～2003）文学者。『萬葉集釋注』『萬葉集の歌人と作品』

中野現吾（1932～2020）フリーディレクター。『大伴家持と万葉集』他

中西進（1929～）国文学者。『萬葉集・中西進』『万葉の秀歌』他

おおかた以上が筆者が参考とさせて頂いた書籍ですが、『万葉集』の成った時期や『万葉集』最後の歌となった、所謂《**新しき年の始めの初春の・・**》の歌が詠われた天平宝字三年（７５９）には既に大体の編纂は終わっているので、最終編纂はいつ頃かが問題となっていました。しかし、先に述べましたように、最終編纂は家持（やかもち）の亡くなる寸前まで、陸奥守として赴任中の延暦四年（７８５）まで続き、それは家持が最後の歌として記した時からさらに二十五年をかけての編纂に継ぐ編纂であったとの説をとるものです。また、それ以上に重要な点はこれほどの大書を、家持一人ですべて成し得たかですが、最終編纂は家持であることは揺るぎない点からも、だとすれば家持に編纂成さしめた人は誰であったか、家持に最も大きな影響を与え、さらにこの偉業を成さしめる提言・指示をした人とは誰なのか。

時代は下る寛治六年（１０９２）、赤染衛門（あかぞめえもん）が『栄花物語（月の宴の巻）』に「**昔、高野の女帝**（孝謙天皇）**の御世、天平勝宝五年**（７５３：大仏落慶の翌年）**左大臣橘諸兄（もろえ）諸郷大夫集まりて万葉集を選び給う**」と記されていたことが判明。さらに『元暦校本万葉集』（１１８４）の裏書や古写本などから、鎌倉時代の仙覚（せんかく）が「**橘・大伴のふたり共選集を打ち出す**」と記し『万葉集』の真相がかなり明らかになってきました。また、それは先の栄原先生の講演の中でも特に研究対象になったとされるのが「国文学研究の成果」として次のテーマとしてあげられたものでした。それはやはり葛城王（かつらぎおう）＝橘諸兄その人との深い繋がりでした。

① 葛城王（かつらぎおう）は誰か
② 葛城王が陸奥国に降ることはありうるか
③ 安積山はどこか
④ 饗応の場所はどこか
⑤ 陸奥国司がそこで饗応することはありうるか
⑥ 饗応の場に前（先）采女（うねめ）が参加しうるか
⑦ 葛城王と橘諸兄（もろえ）　天平八年（７３６）の項
⑧ あさかやまの歌と郡山

講演は実にこれらを満足しうる内容で「記念の大講演会」は終了し、主催者および関係者は、その記念として「**あさかやまの歌**」碑（口絵：遠藤乾翠書）を建立、裏面の讃文には次のように記されました。（安積国造神社宮司、安藤智重氏による讃文）

■「あさかやまの歌」碑建立

「
大伴家持生誕一千三百年
あさかやま木簡発見十年

安積山影さへ見ゆる山の井の浅き心を我が思はなくに

『万葉集』巻第十六　三八〇七

（安積山の山の井よ。それは山の影までも映るほど清い井ですが、その泉のように浅い軽薄なことは、私は思ってもいません）

右の歌は言い伝えに「葛城王（後の橘諸兄）が、陸奥の国に使せられた時、国司の接待に行き届かないところが多かったので、王はご不快で、怒りの顔色が見えた。それで、酒宴の席を設けても、決して楽しまなかった。ここに以前采女となって、都に出ていた優美なおとめがいて、左手に盃を捧げ、右手に水を容れた器を持ちながら、王の膝元を打って、この歌を詠んだ。それで王の心持ちも和らいで、終日酒宴を楽しまれた」と云います。（『万葉集』題詞の現代語訳）

紀貫之が難波津の歌とともに「歌の父母」と称えたのがこの安積山の歌です。その舞台は西に安積山が見える陸奥国安積郡の郡衙（郡の祭政・軍事を司った所）で、歓待したのは安積郡の郡司（律令制移行にともない国造は郡司となる）であったと思われます。その跡は清水台、虎丸、赤木、咲田に広がり、清水台遺跡と称します。郡衙が置かれた所には「郡山」という地名が残るので、同遺跡は郡山市名発祥の地でもあります。

本年、『万葉集』編纂者大伴家持生誕千三百年、栄原永遠男博士「あさかやまの歌」木簡発見公表から十年の佳年を寿ぎ、この碑が立てられました。家持は安積皇子への挽歌を作った人でもあります。また、歌木簡発見は、万葉以前に安積山の歌が成立していたことも確定、難波津の歌とのセット関係にも影響を及ぼす文学史上の壮挙でもあります。

安積歴史塾識

「あさかやまの歌」が書かれた木簡が、滋賀県甲賀市信楽町の宮町遺跡で発見されましたことは、御地にとってもまことに意義深いことと拝察いたします。立碑を寿ぎ、あわせて東日本大震災からの郡山のさらなる復興をご祈念申し上げます。

栄原永遠男誌

平成三十年十月二十日　建立」

当碑は郡山市清水台の安積国造神社の表参道大鳥居右脇に、多くの賛同者のご支援を得て建てられました。『万葉集』最終編纂者が大伴家持（やかもち）であることを、もはや疑う人はいません。そして、その編纂にあたっての最大の支援提言者こそは、家持の師であり政治上での上司であり、親代わりでもあった**橘諸兄**（もろえ）（前の葛城王（かつらぎおう））その人であったことも、後の研究で明らかになりました。また先の年表をもとに追ってみますと、神亀元年（724）第四十五代聖武天皇が即位すると同時に、王族の長屋王（天武天皇の孫）が左大臣に就任。同年、陸奥に**多賀城**が竣工。その落慶臨席のため馬寮監（めりょうげん）であった王族・**葛城王**が陸奥へ巡察使としてやって来て、その途中、葛城王は**安積の国**郡司宅に宿泊、この時、安積采女（うねめ）に出会い歴史的歌が詠まれたこと。葛城王は時に四十歳であったことも、ほぼ史実と推察され今日に至る経過となりました。

なお、「あさかやまの歌」木簡発見から十周年の記念行事として計画した地元（福島県郡山市：旧・安積の国）の歴史研究団体「安積歴史塾」の役員三名（安積国造神社宮司・安藤智重氏、安積歴史塾塾長・平川真理子氏、筆者）は、「木簡発見十周年記念講演会」における講演依頼のため、前年にあたる平成二十九年（２０１７）八月十六日、木簡発見者の栄原永遠男先生を大阪の「大阪歴史博物館」に表敬訪問。栄原先生の快諾を頂いての成果でした。

九　葛城王＝橘諸兄について

ここで葛城王という人を調べてみると、第三十代敏達天皇四世の大宰帥美努王を父とし、県犬養三千代を母として天武十三年（６８４）に生まれています。ところで母である三千代という人は後に「橘宿禰姓」を賜るかなりの賢美人であったらしく、当時天皇に並ぶ権力を有していた藤原不比等に見初められ再嫁、不比等との間に後に聖武天皇の正妃となる光明子を産むので、葛城王は聖武天皇の義兄、光明皇后の異父兄ということになります。

聖武天皇と光明子はともに『大宝律令』が成った大宝元年（701）の生まれなので、葛城王は二人の十七歳年上ということになり、さらに家持は養老二年（718）生まれなので十七歳下になりますが、聖武・光明の娘・阿倍内親王（後の孝謙・称徳天皇となる）が奇しくも家持と同年生まれで、歴史は綴られていくことになります。家持にとって葛城王（後の橘諸兄）との年齢差は三十四歳、親子ほどの関係になりますが、家持が父・旅人が亡くなった時が十四歳でしたので、以後は葛城王が親代わりの存在になったとも考えられます。後に葛城王は母・橘三千代の強い要請から降臣（皇族から離れ）し、母の姓「橘氏を賜り橘諸兄」となります。この事実は次の『万葉集』巻六・1009に載っています。時は天平八年（736）十一月、諸兄五十二歳、家持十九歳の年です。

冬十一月、左大辨葛城王等　賜　姓橘氏　之時御製　謌一首

橘者　實左倍花左倍　其葉左倍　枝尓霜雖降　益常葉之樹

橘は実さへ花さへ　その葉さへ　枝に霜降れど　いや常葉の樹

※半万葉仮名

［題詞］右は、冬十一月九日に、従三位葛城王と従四位上佐為王等と皇族の高名を辞して外家の「橘の姓」を賜はる、こと已に訖りぬ。時に太上天皇皇后共に皇后宮にありて、肆宴を為し、即ち橘を賀ほぐ歌を作り給い併せて御酒を宿禰等に賜へり。或いは云はく「この歌一首は太上天皇の御歌なり。ただ天皇皇后の御歌各一首あり」といへり。その歌遺落して探り求むることを得ず。今案内を検るに八年十一月九日に葛城王等、橘宿禰の姓を願ひて表を上る。十七日を以ちて、表を乞に依りて、橘宿禰を賜ふといへり。

※［題詞］全ての原文は漢文形式。

と、明確に記されています。家持にとっては大変重要な師・橘諸兄に関わる証明の個所です。橘諸兄となった葛城王は、ついには左大臣まで登りつめ、後のわが国の四大氏族（源氏・平氏・藤原氏・橘氏）として政治的中枢を担うことになります。その一角としての橘氏誕生の逸話です。

橘諸兄となった葛城王と家持の関係は、強い師弟愛と共に権力を増す藤原氏との政治的対立を含んで激動する歴史を刻んで行くことになりますが、それらの歴史を歌によって進められる『万葉集』という壮大な叙事詩としての、その編纂作業は密かに進められていきました。そこでのそれぞれの歌の前後に記された「題詞」は全歌の約半数に及びますが、それらの歌がどのような背景にあって詠まれていったかが、その「題詞」によってかなり明確に知ることができます。

ところで、葛城王がこの「安積の地」を訪れたのは「諸国郡郷名著好字令」が出て十一年後の神亀元年（７２４）、そして「あさかやまの歌」を詠んだとする「安積采女」が「前の采女」と記された背景には、葛城王が安積を訪れる二年前の養老六年（７２２）「陸奥地方不穏による帰還令」として出された時に、陸奥地方から出仕していた兵および采女たちが、偶然故郷に戻されていた時期にあたることからも、葛城王が陸奥・多賀城竣工とあわせ訪れた時と重なる点からも妥当であったことが読み取れます。また当時の「安積采女の年齢」も見当はつきます。

なお『万葉集』には、橘諸兄が詠み、詠まれた歌は総じて二十五首ほどが記されています。先の「巻六・１００９」に続き「巻六・１０２４」には

秋八月二十日に、右大臣橘家に宴せる歌四首

長門なる　沖つ借島　奥まへて　わが思ふ君は　千歳にもがも

右の一首は、長門守巨曾倍対馬朝臣

長門にある沖合の借島が遠いように、心の奥深くお慕いするわが君は、千歳も遥かご無事でいて下さいますことを。

右の一首は、長門守巨曾倍対馬朝臣が詠んだものと記す。

［題詞］　秋八月二十日は、諸兄が右大臣となった天平十年（738）。その橘邸での宴の歌として以下三首が続くのである。この年家持二十歳、安積親王は十歳である。続く「巻六・2025」

奥まへて　われを思へる　わが背子は　千年五百歳　有りこせぬかも

右の一首は、右大臣の和へる歌なり

心の奥深く私を思ってくれる貴殿は、千年も五百年もずっと長生きして下さいな、と。

［題詞］　右の一首は、右大臣橘諸兄が応えた歌である。

さらに「巻六・1026」

ももしきの　大宮人は　今日もかも　暇を無みと　里に去かずあらむ

右の一首は、右大臣伝へて曰はく「故豊島采女の歌なり」といへり広い朝廷に仕える大宮人は、今日も暇がないからと言って、里・地方には行かないのだろうか。

[題詞（だいし）] この歌は、諸兄（もろえ）右大臣が伝えて言うには「古い豊島（としま）：大阪府豊能郡あるいは武蔵国豊島の采女（うねめ）から聞いた歌である」と。

そして「巻六・1027」には

橘の本（もと）に　道履（ふ）む　八衢（やちまた）に　ものをそ思ふ　人に知らえず

右の一首は、右大弁高橋安麿卿（やすまろのまえつきみ）語りて曰はく「故豊島采女の作なり」といへり。ただ或る本に曰はく「三方沙弥の妻の苑臣に恋ひて作れる歌なり」といへり。然らばすなわち、豊島采女は、当時当所にこの歌を口吟へるか。

橘の下に道を踏む八股にように（あらゆる方面に）あれこれと物思いするのだよ。人知れずに。

[題詞（だいし）] 右の一首は、右大弁高橋安麿卿が語って言うには「亡くなった豊島采女の作である」と言う。

但し、ある本では「三方沙弥が妻の苑の臣に恋して作った歌だ」という。
すると、豊島采女は、折りにふれてこの歌を口ずさんだのだろうか。

※橘諸兄の采女に関した思いは、この歌のようにかなり深かったようです。

橘諸兄は天平十五年（743）五月、左大臣に就任する。聖武天皇、遷都逍遥する最中であった。にもかかわらず、諸兄を寿ぐ歌も多く『万葉集』（巻二十）に見えるが、ここでは省略する。だが、諸兄が唯一「安積親王」に対して詠んだ歌とされる「巻二十・4448」が次の歌である。

あじさいの　八重わくごとく　八つ世にを　いませわが背子　みつつ偲はむ

右の一首は、左大臣、紫陽花の花に寄せて詠めり。

紫陽花が八重に咲くように、いよいよ長い年月を生きて下さい。わが君よ。紫陽花を見ながら、わが背子・安積親王をお慕いしてまいりましょう。

[題詞]　右の一首は、左大臣橘諸兄が紫陽花の花に託して詠んだ歌である。

また、橘諸兄と大伴家持の強い絆を感じさせる貴重な歌がある。

白雪の　降りしく山を　越え行かむ　君をそもとな　息の緒に思ふ

左大臣　尾を換へて云はく「いきの緒にする」といへり。

然れども猶　喩して曰はく「前の如く誦め」といへり。

右の一首は、少納言大伴宿禰家持

『万葉集』（巻十九・４２８１）

白雪の降り積もる山を越えて行かれるでしょう貴方・橘諸兄さまを、私は無性に命をかけてお慕いして参ります。

［題詞］左大臣・橘諸兄さまが、末尾を替えていうには「わが命とします」と言ってくれたことに躊躇してか、やはり間を置いて教えておっしゃるには「もとの通り詠んだらいいよ」といわれた。

右の一首は、少納言大伴宿禰家持の歌である。

十　安積親王の誕生

さて、葛城王（かつらぎおう）が都に戻って三年目の神亀四年（727）、聖武天皇・光明子（こうみょうし）（藤原不比等（ふひと）・県犬養三千代（あがたいぬかいみちよ）の娘）に基王（もといのおう）が誕生します。藤原氏の強力なバックがものをいい基王は即、皇太子となりました。ところが、翌神亀五年（728）九月、運命のいたずらか基王は疫病により急逝。藤原氏の希望の星は失われました。さらに藤原氏に打撃を与えたのは、その一ヶ月後の十月某日、聖武天皇の第二夫人・県犬養広刀自（あがたいぬかいのひろとじ）の下に**安積親王**（あさかしんのう）が誕生しました。基王亡き後、将来の皇太子しいては次期天皇の最有力候補と当然目された安積親王。実にこの**親王の名づけ親**こそ、聖武天皇に覚えの良かった**葛城王でした**。**安積**の字をもって「あさか」と読ませることは「**あさかやま影さへ見ゆる・・**」の歌を知る者として当然、陸奥を訪れた葛城王以外には考えられないからです。

聖武天皇の良き相談相手であり「安積」の字をもって、そのまま「**あさかしんのう**」と呼ばせたことは、この特殊な読み方にも拘らず、親王の名に冠された**安積**は、一躍天下に響き渡ったことでしょう。そして、その語源となった陸奥・安積の地は後世の人々の大きな憧れの地となり、多くの文芸作品が生まれていきました。『古今和歌集』の序文をはじめとして、『大和物語』（百五十五段：大納言の娘と内舎人の憧れの地安積を駆け落ち先とする物語）、『今昔物語集』（巻三十・八：同類の内容）、『古今著聞集』（巻二十：或内舎人大納言の娘を盗みて奥州浅香郡に逃ぐる事）、そして江戸時代には山東京伝の『復讐奇談・安積沼』が上梓されますが、この作品は「歌舞伎」演目として今日もなお上演されています。

ところで第二夫人の県犬養広刀自は、葛城王の母・県犬養三千代の姪にあたる人です。また県犬養広刀自には、安積親王の上に二人の娘があり、上の姉は養老元年（717）の生まれで五歳の時、伊勢斎王となり巫女として五年奉仕しておりました。丁度安積親王の十歳上となる「**井上内親王**」です。正妃・光明子の娘、阿倍内親王と同年の皇女でした。次姉は名を「**不破内親王**」といい安積親王より七歳上、実は県犬養広刀自を母とした三人姉弟の運命こそが、大伴家持にとって深い縁となり、大変な歴史を刻むことになるのです。

一方、葛城王の立場からすれば、父・美努王（敏達天皇の曾孫）は皇統。藤原氏族ではないことから「大化の改新」以降権力を高めていた藤原氏に対して、日頃から苦々しく思っておりました。皇親の氏族の中では、当然皇族の復権を願っている者も少なくありませんでした。特に大伴一族はその皇親派の筆頭株と目されていましたので、当時政権の座にあった藤原四兄弟（武智麻呂・房前・宇合・麻呂）らは、前年の基王誕生を機に、多少気がかりであった大伴旅人（宗家）を大宰帥として九州に赴任させたのでした。この時、家持は十歳で義母と共に大宰府に同行していましたが、その翌年、基王が亡くなり、その約一ヶ月後に、皇家に近い安積親王が誕生するや、左大臣・長屋王（天武天皇の孫）は、率先して安積親王擁立の態度を明らかにしたのです。

危機感を募らせた藤原一派は、皇親派最大の武門・大伴宗家の留守中とばかり、部下の塗部君足と中臣東人を聖武天皇のもとに走らせ「長屋王が基王を呪い殺し、且つ天皇の座を狙う呪詛の左道を修している」と讒言させました。こころ純粋な聖武天皇はその言を真に受け、こともあろうに左大臣・長屋王追討の命を下してしまいます。悦んだ藤原兄弟は三男宇合の率いる軍勢をもって王の屋敷を包囲、謀反人討伐の詔をもって長屋王を自害させ、家族もその後を追わせました。その上、屋敷をも焼き払ってしまったのです。所謂「長屋王の変」です。まさに武力による権力の恐ろしさです。ここに藤原氏第二のクーデターは成功したのです。これにより、それまでの長屋王に関わる多くの文献が失われてしまいましたが、『万葉集』の「巻三・441」および「巻三・442」次のように載っています。

神亀六年己巳。左大臣長屋王に死を賜ひし後に倉橋部王女の作れる歌一首

大君の　命恐み　大殯の　時にはあらねど　雲がくります

膳部王を悲傷める歌一首

世間は　空しきものと　あらむとそ　この照る月は　満ち闕けしける

右の一首は、作者詳らかならず

時は神亀六年（729）左大臣・長屋王に死を賜ひし時に倉橋部女王が詠じた歌として「天皇のご命令を尊んで、殯の宮にお祀りするはずでもない時に、雲におかくれになってしまわれた」

※ 実に不本意な死であられたと、倉橋部女王の歌は巻八・1613にもあります。

そして、後の句には、膳部王（長屋王の長男）は父と共に自害、その思いを詠んだもので「世の中は空しいものだとして、この輝く月も、満ち欠けするのであろうか」との意ですが、この歌の作者はわからないとしています。家持は万一を考え、逃げ道を作っていたのです。

『万葉集』の凄いところは、この事件もさることながら、それまでの多くの謀反人とされ、また、非業の死を遂げた者、有間皇子、長屋王はじめ藤原広嗣、橘奈良麻呂、大伴古麻呂、後の藤原仲麻呂、淳仁天皇、道鏡、井上皇后、他戸皇太子、早良皇太子など、敵味方の別なく、それら人物の歌、またその関わりの歌が記されているところです。しかし、何と言っても大伴家持にとっては、「安積親王」その人の存在でありました。

さらに、歴史の凄いところは昭和六十一年（1986）から平成元年（1989）にかけて長屋王邸跡から、何と四万点におよぶ膨大な木簡が発見されたのです。これで当時の政権争いや貴族の生活振りがかなり明らかになったと言われますが、まだまだその全容の解明には時間がかかるそうです。しかし、改めて確かめられることは、戦いに敗れると生命財産はもとより、歴史まで消されてしまう恐ろしさがあるということでした。

大宰府在任中の大伴旅人がこの訃報を受けたのはかなり遅れてからのようです。その間、都での藤原氏は「神亀」を改元し八月五日をもって「天平元年」としました。その五日後に長屋王が頑なに反対していた光明子を「皇后」として認証させ、十月になって一連の経緯を穏便な表現で旅人長官に便りをよこしたのは藤原房前（北家の祖、同じ藤原氏でも房前と麻呂は穏健派、武智麻呂と宇合はタカ派）です。旅人はその返礼として梧桐（青桐）の日本琴を歌に添えて房前に贈っています。藤原家としては一応の決着を見たことから、大伴旅人（宗家）の帰京を大納言職を以て迎えることとしたのです。

天平二年（730）正月、大宰府長官旅人は、九州全土から国司を集め会議をもちました。その折に催した「**梅花の宴**」こそが、この度の元号「令和」採用の起源となりました。まさに歴史的行事となった舞台です。先に『万葉集』が世に出て千二百十四年目と記しましたが、この時点から換算すれば、本年（2020）を遡る千二百九十年前ということになります。家持十三歳。大伴宗家が帰京したのは、この年の十二月。安積親王は宮殿奥で三歳の冬を密かに迎えておりました。

十一　大伴宗家、都に戻る

天平三年（731）新しい時代は始まっていました。大伴旅人宗家は帰京を果たし、大納言の位を得てこれから第二の人生と願っていた矢先の七月二十五日、急に亡くなってしまいます。六十七歳でした。この時の悲しみは『万葉集』巻三の454から459に旅人の資人（つかいびと）・余明軍（よみょうぐん）の歌として残されています。家持（やかもち）は十四歳にして大伴宗家の棟梁の身となりました。この頃、かねてから聡明な家持に注目していた葛城王（かつらぎおう）（橘諸兄（もろえ））は、安積親王（あさかしんのう）の側役（護衛）また息子奈良麻呂（ならまろ）の良き相談相手になることを望んでの手配をしました。時は一見静かに天平四年、五年、六年と進み、天平七年（735）を迎えます。この年は天変地異が多く疫病も蔓延する災厄の年となりましたが、第八次遣唐使（養老元年〈717〉出航）が帰還し、後の政権に大きな影響を与える人物、吉備真備（きびのまきび）・玄昉らが、最新の唐の医学や文化情報を携え帰国、直ちに朝謁し報告がなされた年でもありました。

家持は十八歳の春を迎え、八歳に成長した「安積親王」の教育係としての依頼を葛城王から受けていました。翌天平八年（736）の十一月、葛城王は降臣し母県犬養三千代（あがたいぬかいみちよ）の姓「橘姓」を賜り「橘諸兄」として正式に政権の表舞台に立つことになりました。ところで天平九年（737）

歴史は大変貌を遂げるのです。昨年から広がっていた疫病で、あろうことか政権の中枢、藤原四兄弟の武智麻呂・房前・宇合・麻呂らが次々と天然痘に罹り病死。世間では陰謀により誅滅させられた「長屋王の祟り」である、との噂が流れました。

帰国して間もない玄昉は僧正に就任、政権の相談役となります。翌天平十年（７３８）橘諸兄は右大臣に就任します。彼は忘れがたい陸奥への思いからか即、安積の国に「安積軍団」を設置します。いわゆる「郡衙」で、郡を軍備をもって治める正式の役所です。

一方、家持と同年の阿倍内親王も二十歳を迎えたことからか、藤原家出身の皇后に配慮してのものか、聖武天皇は突如、県犬養広刀自との子「安積親王」を差し置き、「阿倍内親王の立太子式（次期天皇位を意味するもの）」を挙行しました。今日の「秋篠宮さまの立皇嗣の礼」のような国の儀式でありました。藤原四兄弟死すとも、藤原一族の力は健在であり、なかでも武智麻呂の次男・仲麻呂は三十二歳となっていましたから、予断は許されなかったのです。

十二　大伴家持の人生

家持の方は結婚適齢期を迎え、同時に**内舎人**（中務省文官）としての任官もあって多忙な年頃を迎えていました。そんな天平十二年（740）宇合の長男・藤原広嗣が何と九州から現政権（橘諸兄率いる王皇派政権）に対して、所謂「藤原広嗣の乱」を起こしたのです。天皇は、大野東人を大将軍に任命し一万五千の兵を送り、乱は二ヶ月後の十一月にどうにか広嗣処刑をもって鎮圧されましたが、藤原氏の一部とはいえ、その反乱が起こったことに異常に警戒した聖武天皇は、「安積親王」を連れ藤原権益の強い奈良の都を離れ、橘諸兄縁の地「恭仁」をはじめとして、紫香楽・難波方面への遷都を計画し、行幸に出たのです。当然文武百官も同行しました。そして天平十二年から十七年（745）に及ぶ六年に渡り都は放浪することになります。この年代こそ、日本史においては一つの大変な激動と文化興隆が絡み合う時代となりますが、時に天変地異・疫病なども重なり、人心の乱れも加わる、謂わば現代とよく似た社会情勢と言えるかも知れません。

これは、家持にとっても当然大きな人生の峠でありました。二十三歳から二十八歳の難所を乗り切らねばならなかったのです。聖武天皇は自らその徳の無さを悔いつつ、これらを平安に導く術として「仏教」による統治が必要ではないかと考え「大仏造立および全国に国分尼寺建立」の詔（みことのり）を出すのです。

　天平十二年十二月十五日、聖武天皇は**恭仁**（くに）（現：京都府木津川市）遷都を宣言。当年天皇五十歳、安積親王（あさかしんのう）十三歳、諸兄（もろえ）五十七歳、家持（やかもち）二十三歳の年でした。ところで翌天平十三年一月より新都建設が始まるのですが、何とその責任者には民部卿の藤原仲麻呂（なかまろ）が任じられたのです。「同じ藤原氏でも私は聖武天皇に忠誠を誓います」として取り入ったものか、また光明（こうみょう）皇后の意を汲んで、政治的バランスを図ったものか、ともかくそのような人事がなされました。時に仲麻呂は、家持より十二歳上で三十六歳でした。しかし、天平十四年（７４２）天皇の気持ちは再び揺れて、都を**紫香楽**（しがらき）（現：滋賀県甲賀市信楽町）に移すとし、その地に大仏を建立する旨まで打ち出したのです。同時に「紫香楽宮建設」も始まりますが、実は、この場所から例の木簡「あさかやまの歌木簡」が発掘・発見されることになります。この頃、家持は常に「安積親王」の側にいて行幸に同行するかたわら、立派に成長しつつある安積親王の姿に、将来への夢と希望を託して、ある意味心弾む務めを果たしておりました。

十三　安積親王と共にある悦びと突然の親王の急逝

なおこの頃の時代背景を『続日本紀』などから辿りますと次のようになります。先の栄原永遠男先生の『よみがえらそう紫香楽宮』と共に、『万葉歌木簡を追う』からの転載です。

天平十二年（740）九月　「藤原広嗣の乱」以降、聖武天皇は何故か非常に恐れ、都を奈良から恭仁京に遷都すべく行幸、国分寺・国分尼寺建設および大仏開眼への詔も発し、関東方面へと彷徨することになる。

天平十四年（742）八月十一日　天皇は詔して「朕は近江国紫香楽村に行幸しようと思う」と述べられ、そこで造宮卿・正四位下の智努王、造宮輔・外従五位下の高岡連河内ら四人を離宮造営の司に任じた。

同　年**八月二十七日**　天皇は紫香楽宮に行幸された。（木簡発見現場、滋賀県甲賀市信楽町）

同　年**十二月二十九日**　天皇は再び紫香楽宮に行幸された。

天平十五年（743）正月二日　天皇は車駕で紫香楽（しがらき）から恭仁宮（くに）に到着された。
天皇は、官人たちに廬舎那大仏の造顕予定地を見せ、大仏や甲賀寺の造営に協力することを求めたのである。それは、天平十二年二月の難波宮行幸の時に、聖武天皇が智識寺の廬舎那仏を見たことがきっかけで発想されたのではないか。

同年夏**四月三日**　天皇は再三、紫香楽宮（しがらきのみや）に行幸された。右大臣・橘諸兄（もろえ）らを平城京の留守官に命じた。

同年**四月十六日**　天皇は恭仁京に帰還された。帰還後の二十二日、天皇は行幸に陪従した五位以上二十八人、六位以下二三七〇人という多くの官人たちに禄を支給した。それは三回目の行幸に多くの官人が従っていた証である。（中略）廬舎那大仏と甲賀寺の造営予定地を披露し、さらに多くの官人たちの協力を求める為であったとされている。

同年**七月二十六日**　天皇はまたも紫香楽に行幸された。左大臣・橘諸兄らを恭仁京の留守官に任じた。

同年冬**十月十五日**　天皇は「三宝の威光と霊力に頼って、天地共に安泰になり、よろずの代までの幸せを願う事業を行って、生きとし生けるもの悉く栄えんことを望む。菩薩の大願を発して、廬舎那仏の金銅像一体をお造りすることとする」（聖武天皇・廬舎那仏造営の詔（みことのり）の一部）を詔書とした。

同年**十月十九日**　天皇は紫香楽宮に行幸された。廬舎那仏の像をお造りするために、初めて甲賀寺の寺地を開いた。

同年**十一月二日**　天皇は恭仁宮に還られた。天皇の紫香楽宮滞在はおよそ四ヶ月であった。最初に平城宮の大極殿および歩廊を壊し、恭仁京へ遷し替えをしてから四年をかけ、ここにその工事がようやく終わったのである。それに要した経費は悉く計算できない程多額であった。その上さらに紫香楽宮を造るのであるから、恭仁宮の造営はいったん停止することになった。紫香楽地域における盧舎那大仏・甲賀寺・紫香楽宮造営に国力を集中する方針を鮮明に示したことを意味するものであった。しかし、この決断は、聖武天皇の行動に懸念をもった元正太上天皇や橘諸兄、それに連なる貴族たちを大きく刺激し、彼等は行動を起こし始めた。その現れが「難波遷都」への動きである。

そして・・運命の**天平十六年（７４４）**が訪れます。

この間、大伴家持は安積親王の内舎人および教育係・相談役として、聖武天皇の行幸に従駕しながら懸命に務めていました。もし聖武天皇に万が一の異常があったとしても、すでに天平十年（７３８）の段階で阿倍内親王が立太子しておりましたから、問題はなかったのですが、近年は「安積親王」擁立論も高まっていたこともあって、家持にとってはその期待としての喜びと、慎重さを胸に秘めた日常となっておりました。

家持との歌仲間である高丘河内連は詠じています。

わが背子と　二人し居れば　山高み　里には月は　照らずともよし

（『万葉集』巻六・１０３９）

あなたとふたりで居ることができれば、どんなに久邇の山が高くて里に月が照らなくてもいっこうにかまいはしません。

そして、家持（やかもち）は同好の士宅で次の歌を詠じます。

[題詞（だいし）]　安積親王（あさかしんのう）の、左少弁藤原八束（やつか）朝臣の家に宴せし日に内舎人（うどねり）大伴家持の作れる歌一首

ひさかたの　雨は降りしく　思う子が　宿に今宵は　明かして行かむ

（巻六・１０４０）

空をこめて雨は降りつぎます。それも一興、恋しい子の家に今宵は夜を明かしていきましょう。

この題詞のとおり『万葉集』にはハッキリと「安積親王」と記され、時に親王十六歳、家持二十六歳、左少弁藤原八束は二十九歳でした。ここで藤原八束の名を奇異に感ずるかも知れませんが、同じ藤原氏と言っても穏健派の藤原房前（ふささき）（北家の祖）の三男で、母は美努王（みぬおう）の娘である関係

から、橘諸兄からは甥にあたる人物となります。安積親王の擁立派としても何ら問題のない親族の一人でした。この歌の詠われた場所が今回明らかとなった木簡発見の現場近くであり、彼の屋敷だった可能性もあります。ともあれ天平十五年（743）十月に、聖武天皇は「新都」をここ**紫香楽宮**とし、かつ大仏建立の地とする旨の詔を発布するのです。

その紫香楽宮の宮殿において何らかの歌会が催され、その折、安積親王擁立の意向を込めて詠われたのが木簡「**阿佐可夜・・流夜真・・**」即ち、**あさかやまの歌**であったのではないでしょうか。実は木簡の反対側に記された歌「**奈迩波ツ尓・久夜己能波・・由己母**」こそ、その謎を解く大きな鍵なのです。この歌は実はよく知られた有名な歌で、

難波津に　咲くやこの花　冬ごもり　今は春べと　咲くやこの花

と詠まれました。

内容は、難波津（朝廷の庭）に冬ごもりされていた花、さあ今春となりました。どうか今こそ咲いて下さいという内容です。それは『古今和歌集』序に詳しく、その歌に込められた意味が宣べられています。

大鷦鷯の帝の、難波津にて皇子ときこえける時、東宮をたがひにゆづりて、位に即きたまはで三年になりにければ、王仁といふ人の訝り思ひて詠みてたてまつりける歌なり。この花は、

梅の花をいふなるべし。

大鷦鷯の帝とは後の仁徳天皇のことであるが、その時の皇位継承を促した王仁のように、この木簡の裏に記された「あさかやまの歌」こそ「次には是非、安積親王に皇位を継いで戴きたい」との意図を汲んだものとして詠まれたのではないでしょうか。この二つの歌の組合わせは、歌自体の「和歌の父母」であること以上に、天皇推戴の意を含んだ実に大きな背景があった故の推奨と考えられるのです。**安積親王の名に関わる重大なあさかやまの歌**なのではなかったのでしょうか。

なお、当歌を詠じた「王仁」（『古事記』には「和邇吉師」と記される）なる人物は、先の応神天皇（２７０年頃）の代に百済から辰孫王らと共に渡来、帰化した人物。わが国に「漢字千文字」と「論語」を伝えたとされています。

さて、この時代から三十代過ぎた、聖武天皇時の天平十五年（７４３）の紫香楽宮における出来事が、『万葉集』における最大のクライマックスと筆者は思っています。

はたして、その席での顔ぶれが誰であったかは想像の域を出ませんが、安積親王、大伴家持、橘諸兄、藤原八束、県犬養一族、多治比氏、その他諸々の官人たち、聖武天皇もその席におられたかも知れません。しかし、この動きは藤原氏の耳にも当然入ったのでしょう。それはやがて大変な悲劇を生むことになりました。紫香楽宮も、何故か不穏が続き、近隣に山火事が起こったり大仏鋳造での事故が多発したりで、その短い期間の**新都**は結局廃されることになるのです。その折、この木簡もなかば燃やされて排水溝に遺棄された模様です。しかし、この重大な木簡は実に奇跡的に、その清らかな地下水によって守られ、平成十年（１９９８）に掘り起こされました。何とその時から千二百五十五年目の目覚めでした。

歴史とは実に不思議な運命を辿るものですが、さらにその十年後の平成二十年（２００８）五月、かの栄原永遠男（とわお）教授によって「あさかやまの歌」であることが明らかになったという訳です。私ども郡山、つまり「安積の地」の市民として、いつの日か栄原先生が名誉市民として顕彰されることをこころから願っている一人です。

「安積親王（あさかしんのう）と共にある悦びの歌」はさらに続きます。

［題詞（だいし）］　十六年甲申の春正月五日に、諸の卿大夫、安倍虫麿朝臣（あべのむしまろ）の家に集ひて宴せる歌一首

作者審らかならず

わが屋戸の　君松の樹に　降る雪の　行きには行かじ　待ちにし待たむ

（巻六・１０４１）

私の家の貴方様を待つという松の木に降る雪よ、その雪のように行くことはしますまい。あなた様を待ちに待ちましょう。

という歌です。時は天平十六年（744）正月五日に、多くの大夫（五位以上の高官）らが安積親王を囲んでの宴が安倍虫麿邸で催された時、詠じられた歌の一つとされるもの。安倍虫麿は「藤原広嗣の乱」で功のあった武将の一人である。だが当歌が誰の作であったかは不詳としています。

さらに歌は続きます。

［題詞］同じ月十一日に、活道の岡に登り、一株の松の下に集ひて飲せる歌二首

一つ松　幾代か経ぬる　吹く風の　音の清きは　年深みかも

右の一首は、市原王の作

（巻六・1042）

この一本の松はどれほどに年を経ているのだろう。吹く風の音の清らかなのは、長い年月を経ているからなのでしょう。

同じ月とは、天平十六年（744）一月十一日に活道（京都府相楽郡久邇京付近で現在「安積親王の陵墓」がある）の丘に登り、一株の松の下に集って酒を交わした時の歌二首の一つ、市原王（春日王：天智天皇の玄孫で歌人。『万葉集』には八首が載る）の作。ところで、二首目が家持による歌ですが、一寸気懸りな点のある歌となっています。

たまきはる　命は知らず　松が枝を　結ぶ情(こころ)は　長くとを思ふ

右の一首、大伴宿禰家持の作

（巻六・1043）

霊魂の極みである命は、わが手の中にはない。ともあれ松の枝を結ぶ私の気持ちは命長かれと祈るのみ。

と家持(やかもち)は詠っています。この歌に秘められている何故か不吉な予感。それは丁度、この一ヶ月後に起こりました。

■ 親王への挽歌

天平十六年（744）正月十一日　聖武天皇は難波宮に行幸された。藤原仲麻呂(なかまろ)を恭仁宮(くに)の留守官に任じた。この日、安積親王(あさかしんのう)は急な脚の病のため、桜井の頓宮から恭仁京に還った。

天平十六年（744）閏一月十一日、聖武天皇は、文武百官を引き連れ「難波行幸」に出ます。当然「安積親王」も同行したのですが恭仁（久邇）京を出て間もなく、桜井頓宮にさしかかった時、親王は急に強烈な足の痛みを訴え、止む無く恭仁(くに)京に引き返すことになりました。家持(やかもち)は、この時親王と共になぜ恭仁京に戻らなかったかと、後になり非常に悔やむことになるのです。この日、恭仁京の留守を預かっていたのが藤原仲麻呂(なかまろ)でした。彼は昨今、藤原氏にとって好ましくなかった安積親王(あさかしんのう)擁立の動きに対し、このまま進めば阿倍内親王がいかに立太子していても、安積親王（男子）が存在する限り、藤原氏の命運は危ういと感じたのでしょう。「飛んで火に入る夏の虫」とばかりに、このチャンスを彼は逃そうとはしませんでした。

かつて藤原氏が「大化の改新（乙巳の変）」や「長屋王の変（謀殺）」を図ったように、第三のクーデター「安積親王毒殺」を決行したのです。親王は、恭仁京に戻った僅か二日後の閏一月十三日に急逝。これからという十七歳の生涯を閉じられたのでした。

安積親王を突然襲ったとされる足の痛みは、単なる「こむら返り」ではなかったかといいます。一説の糖尿病説とすれば、通常からすでに歩くことも困難な状況になっていたはずで、後の安積親王への挽歌でも述べられているように、親王は、もののふの男たちを従え狩に出られていることからも、糖尿病説はあたらないのではないでしょうか。結局、恭仁京に戻った親王に、仲麻呂は「この薬を服用すれば痛みは取り除かれます」とばかりに毒殺を謀ったのです。

家持は、その報せを受けるや慟哭しました。勿論悲しんだのは家持ばかりではありません。聖武天皇、橘諸兄(もろえ)、諸々の公家、県犬養広刀自(あがたいぬかいのひろとじ)そして二人の姉。しかし当時、公にこの事件の犯人を藤原仲麻呂であると、決めつけることはできませんでした。だが運命とは不思議なもので、それから丁度二十年後の天平宝字八年（７６４）九月、仲麻呂（恵美押勝(えみのおしかつ)として独裁を極めていた）

は謀反人として琵琶湖岸で非業の死を遂げることになります。親王の死因は時代が下る毎にその真相は明らかになっていきました。

安積親王（あさかしんのう）を偲ぶ悲しみの歌は、家持（やかもち）が勿論『万葉集』に寄せる最も重要な個所です。天平十六年閏一月十三日安積親王急逝、時に十七歳。特にいつもお側近く仕えていた家持。彼は挽歌を「巻三・４７５、４７６、４７７、４７８、４７９、４８０」に寄せています。

［題詞（だいし）］十六年庚申。春二月に安積皇子（あさかのみこ）の薨（かむさ）りましし時に、内舎人（うどねり）大伴家持の作れる歌六首

かけまくも　あやにかしこし　言はまくも　ゆゆしきかも　わが王　皇子の
命万代に　めしたまはまし　大日本　久邇（くに）の京（みやこ）は　うちなびく　春さりぬれば
山辺には　花咲きおおり　川瀬には　鮎こさ走り　いや日けに　栄ゆる時に
おとずれの　狂言とかも　白砂に　舎人装ひて　和豆香（わづか）山　御輿（みこし）立たして
ひさかたの　天知らしぬれ　こいまろび　ひづち泣けども　せむすべも無し

（巻三・４７５）

口にするのも恐れ多く、言葉にしようにもはばかられることではあるけれども、わが大君皇子の命が、永久に治めるべきであった大日本の久邇の都は、ものみな霞がたちこめる春になると、

山辺には花咲き乱れ、川辺には若鮎が走り泳ぎ、ますます日々に栄えていた。その時、逆しま事の戯れと言うのであろうか、白妙に身を包んだ舎人（官人）たちが和束山に皇子の御輿をお担ぎして、皇子は彼方の天をご支配なさってしまった。やがて、舎人たちは大地に身を投げ出しては悶え悲しみ、衣を濡らして泣くのだが、どうしたらよいのか成す術もないのである。

反　歌

わご王　天知らさむと　思はねば　おほにそ見ける　和豆香そま山

（巻三・476）

わが大君が、まさか天をお治めになるだろうなどと思ってもいなかったので、あの材木を採るにすぎないソマの山が、何と悲しい和豆香山（和束山）になってしまったことか。

あしひきの　山さへ光り　咲く花の　散りぬるごとき　わが王かも

（巻三・477）

「題詞（だいし）」　右三首、二月三日作詞。

荘厳な山まで輝かして咲く花の、まさに散ってしまったようなわが大君であられます。

『万葉集』巻三・４７５、４７６、４７７の右の三首は、同年二月三日の作です。挽歌はさらに続きます。

懸けまくも　あやにかしこし　わが王　皇子の命　もののふの　八十伴の男を　召し集へ　率ひ賜ひ　朝狩に　鹿猪踏み起こし　暮猟に　鶉雉ふみ立て　大御馬の　口抑へ駐め　御心を見し明らめし　活道山　木立の繁に　咲く花も　移ろいにけり　世の中は　かくのみならし　大夫の　心振り起し　剣刀　腰に取り佩き　梓弓　靫取り負ひて　天地と　いや遠長に　万代に　かくしもがもと　憑めりし　皇子の御門の　五月蠅なす　騒ぐ舎人は　白栲に　服取り着て　常なりし　咲ひ振り舞ひ　いや日けに　変らふ見れば　悲しきろかも

（巻三・４７８）

言葉にするのもはばかられ、言いようもなく恐れ多いことであるが、わが大君皇子の命が官の多くの男たちを召し集め、引き連れての朝の猟をなされる時は、鹿や猪を踏み立てては捉え、夕べの狩に出られた時は鶉や雉を藪に入っては捕えられた。御馬の口を引かれては止め、風光をご覧になっては御心を晴れやかにされておられた。なのに活道山の木立の繁みに咲いていた花は、今や色あせてしまった。世の中とは、このようなものでしかないのだろうか。勇敢な武人の心を奮い立たせて、剣や太刀を腰につけ、梓弓や靭を背負って、天地と共にますます永久に万代の後まで、こうあってほしいものとお頼みしていた皇子の住まわれていた御殿に、賑やかに集まっていた舎人たちは、今は真っ白な喪の衣をまとい、あのいつも変わらなかった笑顔の動作が、日一日と変わっていく姿を見ると、何と悲しいことであろうか。

※ ここでは安積親王（あさかしんのう）の文武にすぐれ心情豊かな優しいその人柄が偲ばれる長歌となっています。また『大日本古文書』によりますと、天平八年（７３６）親王八歳時、五月の条に斎王（さいおう）（巫女）となった姉・井上内親王のために「薬師経および千手経」を施写するなど、聡明にして心優しい親王であったことが伺えます。歴史に「もしも」は通用しませんが、もし、親王が健やかに成長し天皇となっておられたなら、歴史はまた大きく変わっていたことでしょう。

安積親王の墓は、歌に詠まれた活道（いくじ）近く現在の京都府相楽郡和束町のお茶畑の広がる丘陵地の中ひときわ高い丘の上にあり、下の入り口には**安積親王陵墓**の看板があります。そこから十五分ほどかけて頂きに登ると立派な石の鳥居に囲まれた脇に、

聖武天皇皇子安積親王
和束墓

一、みだりに域内に立ち入らぬこと
一、魚鳥らを取らぬこと
一、竹木等を切らぬこと

宮内庁

と墨書された厳粛な屋根付きの掲示板（※口絵二枚目の写真）が建ててあります。安積親王の名の原点である「あさかやまの歌」が成した、その意義に思いを致す時「安積の地・福島県郡山市」の市民は是非この聖地を訪ねられ、皇子の霊を慰めて頂きたいと私ども関係者は願っています。

大伴家持の悲しみと悔しさの歌はさらに続きます。

愛しきかも　皇子の命の　あり通ひ　見しし活道の　路は荒れにけり

（巻三・479）

お慕わしいことに、皇子の命が通い続けてこられては、ご覧になられていた活道の路も今では心なしか、荒れ果ててしまったように思われてなりません。

大伴の　名に負う靫負いて　万代に憑みし心　何処か寄せむ

（巻三・480）

大伴家のその名に相応しい靫を帯びていたにも拘らず、万代にお仕えしお頼り申し上げていた私の心は、今どこに寄せたらいいのでしょう。

※ 失意のどん底に落とされた大伴家持(やかもち)は、この年の四月、旧居がある平城（奈良）に帰り、そして、引き籠ってしまいます。

［題詞(だいし)］　十六年の四月五日に、独り平城の旧き宅に居りて作れる歌六首

橘の　にほへる香かも　ほととぎす　鳴く夜の雨に　移ろひ濡らむ

（巻十七・３９１６）

天平十六年（７４４）四月五日、家持は、一人奈良の旧宅に引きこもり歌六首を作る。
橘の漂ってくる香りも、このホトトギスが鳴く夜の雨に濡れては消えてしまったのだろうか。
※ 橘には橘諸兄(もろえ)を託し、ほととぎすは「安積親王(あさかしんのう)」を偲ぶ内容です。

ほととぎす　夜声なつかし　網ささば　花は過ぐとも　離れずか鳴かむ

（巻十七・３９１７）

ほととぎすの夜鳴きの声が心に響いてくる。もしあの時網を張っていたならば花が散ってしまっても、ほととぎすは去らずに鳴いていただろうか。
※「もし私があの時、安積親王の側を離れず警戒の網を張っていたならば、今も親王の声を聞くことができただろうに」そのような意味ではないでしょうか。

橘の　にほへる園に　ほととぎす　鳴くと人告ぐ　網ささましを

（巻十七・３９１８）

橘の咲き香る庭に、ほととぎすが鳴くと人は言う。網を張ればよかったのに。

※　橘諸兄（もろえ）ともっと連絡を密にし、安積親王（あさかしんのう）をお護りすればよかった。

青丹よし　奈良の都は　古りぬれど　本ほととぎす　鳴かずあらなくに

（巻十七・３９１９）

青丹（青い甍と丹色の柱）の美しい奈良の都は、もはや旧都となってしまったけれど、ほととぎすは、むかしのように鳴かないはずはないのになあ。

鶉（うづら）鳴く　古しと人は　思へれど　花橘の　匂ふこの屋戸

（巻十七・３９２０）

鶉が鳴き、もう昔の故郷だと人は思っているけれど、橘の花が咲き匂うわが家よ。

杜若　衣に摺りつけ　丈夫の　着装い狩する　月は来にけり

（巻十七・３９２１）

杜若を衣に摺り染めにして、丈夫達が着飾りて狩をする季節がまたやって来たことだ。

家持はこの歌に至り、どうにか気持ちを落ち着かせ、これからも為すべきことはあると思い返してみるのです。しかし、その焦燥の心は橘諸兄にも痛いほど伝わってきました。そこで、左大臣・橘諸兄は、天平十七年（７４５）家持を「宮内少輔（中堅管理職）」に任命、この年聖武天皇は再び平城京（奈良）に戻り「還都」されました。そして大仏建立も奈良と決めたのです。そして翌天平十八年（７４６）家持には大栄転と言える「越中守」としての辞令が下ったのです。家持二十八歳。現在なら富山県知事職ですが、当時の越中は奈良の都にとって最大の海産物や米また材木などの供給地であり、大宰府と共に国として最も重要な所でした。諸兄は若く聡明な家持を心から買っていました。

十四　それからの家持

ところが家持は赴任して間もなく大病に罹り、一時生死の境を彷徨います。家持は命の意味を改めてかみしめました。しかし病が癒えた翌年九月、何と都から弟の書持の死の知らせが届くのです。それらの悲歌は「巻十七」に残ります。

長逝せる弟を哀傷びたる歌一首あわせて短歌

天離る　鄙治めにと　大君の　任けのまにまに　出でて来し　吾を送ると　青丹よし　奈良山
過ぎて　泉川　清き川原に　馬とどめ　別れし時に　真幸くて　吾帰り来む　平けく　斎ひて
待てと　語らひて　来し日の極み　玉桙の　道をた遠み　山川の　隔りてあれば　恋しけく
日長きものを　見まく欲り　思ふ間に　玉梓の　使の来れば　嬉しみと　吾が待ち問ふに　逆
言の　狂言とかも　愛しきよし　汝弟の命　何しかも　時しあらむを　はだ薄　穂に出づる秋
の萩の花　にほへる屋戸を　〔言ふこころは、この　人、人となり花草花樹を好愛でて、多く
寝院の庭に植う。故に花薫へる庭　といへり〕　朝庭に　出で立ちならし　夕庭に　踏み平げ

ず　佐保（さほ）の内の　里を行き過ぎ　あしひきの　山の木末に　白雲に　立ちたなびくと　吾に告げつる〔佐保山に火葬せり。故に、佐保の内の里を行き過ぎといへり〕

（巻十七・３９５７）

空遠い鄙（地方）を治めるためにと、大君の任命に随って出発して来た私を送るとて、弟は青丹美しい奈良の山を過ぎ、泉川の清らかな川原に馬をとどめて別れた。その時、「無事に私は帰って来よう。元気でいて祈りながら待っていてくれ」と語り合ったが、その日を最後として、玉桙（たまほこ）の道は遠く、山川が隔たっているので、恋しく思う日も長く逢いたいと思っている間に、玉梓（たまづさ）の使者が来たので、嬉しいことと待ち受けて聞いてみると、何と不吉なたわけ言といおうか、いとしいわが弟は、どうしたのか時もあろうに、はだ薄（すすき）が穂に出る秋の花が咲きほこる家を〔意味するところは、この人の性格が草花を愛し、たくさん母思い（母屋）の庭に植えた。そこで「花咲きほこる庭」というのです〕朝の庭に出て立つこともなく、夕べの庭を踏み平らにすることもなく、佐保の内の里を遠ざかり、あしひきの山の梢に、白雲となってたなびいていると、私に告げたことだ。〔佐保山に火葬した。そこで「佐保の内の里を遠ざかり」といった〕

※　兄を慕いこころ優しかったたった一人の弟「書持」の死の知らせを受けた家持（やかもち）の心境が今にも伝わってきます。

そして、短歌二首が続きます。

真幸くと　言ひてしものを　白雲に　立ちたなびくと　聞けば悲しも

（巻十七・３９５８）

命、無事でと言って来たものを、白雲となって立ち靡くと聞いたときは、あまりに悲しいことだ。

かからむと　かねて知りせば　越の海の　荒磯の波も　見せましものを

（巻十七・３９５９）

右は、天平十八年九月二十五日に、越中守大伴宿禰家持遥かに弟の喪を聞き、感傷しびて作れり

このようになると、もし前から知っていたなら、越の国の美しい海辺のこの荒磯の波を、弟に是非見せたかったものだ。

右の歌々は、天平十八年（７４６）九月二十五日に、越中守大伴宿禰家持遥かに弟の喪を聞いて悲しんで詠んだ歌である。

明けて天平十九年（７４７）、都では大仏建立が着々と進んでおり、家持も越中の豪族・利波

臣志留志らの協賛を得て米三千石を大仏智識として献上します。利波臣は外従五位下を賜り、家持善政の成果の一つとなりました。天平二十年（７４８）三月、越中国衙に橘諸兄からの使者・田辺福麻呂が訪れ、都の状況などが詳しく報じられました。藤原豊成が大納言、藤原八束が参議、市原王が東大寺造の長官に、家持にとっては良く知る者たちでした。翌天平二十一年七月二日、改元され**天平勝宝元年（７４９）**となります。家持が三十二歳を迎えたこの年の五月、「陸奥国より黄金出せる詔書を賀する歌」を上奏します。

天皇の　御代栄えむと　東なる　陸奥山に　黄金花咲く

（巻十八・４０９７）

［題詞］天平感宝元年五月十二日に、越中国の守の館にして大伴家持作れり。

天皇の御代がさらに栄えることを寿ぐように、東国の陸奥の山に黄金の花が咲きましたよ。

元号天平感宝とありますが、正しくは「天平勝宝」で、原典も「天平感寶元年」と記しています。後世では間違いとはせず、最初は感宝と記された他の資料もあることから、書写の折の間違いではないらしいです。

この時の背景こそ、前述した橘諸兄が左大臣の折の「奈良大仏開眼」の盛儀が執り行われた天平勝宝四年（752）に奏上された歌なのです。大伴家持が当歌を詠んだ時は、越中国守（現富山県知事）で、その地から陸奥からの情報を得て奏上したものです。

このことによって家持は、この盛儀への参画と同日の詔書（十三詔）に大伴氏の言立が登用されたのです。それにしても「大変な天皇へのへつらい」であると見る臣下も多かったようです。ついでながら、この項には昭和二十年まで歌われた「海行かば」があります。上奏したのが家持の詠んだ巻十八・4094より4097に至る歌で、その最後の歌が「天皇の・・」の歌でした。

海征かば水浸く屍、山行かば草むす屍、大君の辺にこそ死なめ顧みはせじ

（巻十八・4094）

軍国主義時代に歌われた歌です。それほどに天皇に忠誠を誓った時代だったのでしょう。

家持の人生は、それから東大寺大仏開眼落慶（天平勝宝四年）を期した後、その四年後の天平勝宝八年（756）聖武太上天皇崩御（五十六歳）。続く翌年、橘諸兄死去（七十三歳）、この時諸兄の長子・奈良麻呂（三十六歳）が天平勝宝九年（757）七月「**橘奈良麻呂の変**」を企てますが事前に発覚、捕獲され獄死する事件ですが、これを鎮圧した藤原仲麻呂は、いみじくも次のような歌を詠んでいます。

『万葉集』巻二十・4486と巻二十・4487の二首です。

天平宝字元年の十一月十八日に、内裏にして肆宴せる歌二首

天地を　照らす月日の　極み無く　あるべきものを　何をか思はむ

右の一首は、皇太子の御歌

いざ子ども　狂業(たはわざ)なせそ　天地(あめつち)の　固(かた)めし国そ　大和島根(やまとしまね)は

右の一首は、内相藤原朝臣奏せり

つまり、天平宝字元年（757：改元は八月十八日）十一月十八日に朝廷において賜宴が催された際、藤原仲麻呂(なかまろ)が次期皇太子に担ぎあげた天武天皇の孫・大炊王(おおいおう)（後の淳仁天皇）の歌となっています。「天地に照りわたる太陽や月のように、皇位は無窮であるはず、何を思うことがあろう」と。また、次の歌は内相、藤原仲麻呂の奏上した歌「さあ、おまえたちよ、たわけた事をしてはならぬぞ、天地が（私が）力を与えて固めた国ぞ、この大和の国は」。何と傲慢な態度でしょうか。権力を得た仲麻呂は「紫微中台(しびちゅうだい)」なる長官として五月二十日自ら就任、表向きは孝謙女帝のためとして行政一切を握り、名も「恵美押勝(えみのおしかつ)」としたのです。

橘家とは親交の深かった大伴家持(やかもち)は当然よく思われず、疑われ、同罪とすべきの譏言(ざんげん)もなされ

ましたが、証拠は不十分。だが連座の科は免れ難く、家持は因幡守（鳥取県東部知事職）として左遷されることになりました。この折、湧き上がる大伴一族の武力蜂起を諌める歌が、最後の巻「巻二十・４４６５」に記されたのが次の長歌です。

族に喩せる歌一首併せて短歌

ひさかたの　天の戸開き　高千穂の　岳に天降りし　皇祖の　神の御代より　櫨弓を　手握り持たし　真鹿児矢を　手挟み添えて　大久米の　ますら健男を　先に立て　靫取り負うせ　山河を　磐根さくみて　踏みとほり　国まぎしつつ　ちはやぶる　神を言向け　服従はぬ　人をも和し　掃き清め　仕へ奉りて　秋津島　大和の国の　橿原の　畝傍の宮に　宮柱　太知り立てて　天の下　知らしめしける　皇祖の　天の日嗣と　継ぎて来る　君の御代御代　隠さはぬ　赤き心を　皇辺に　極め尽して　仕え来る　祖の官と　言立てて　授け給へる　子孫への　いや継ぎ継ぎに　見る人の　語りつぎてて　聞く人の　鏡にせむを　あたらしき　清きその名そ　おぼろかに　心思ひて　虚言も　祖の名断つな　大伴の　氏と名に負へる　大夫の伴

ひさかたの天の戸を開き、高千穂の嶺に天降った、天皇の祖先神の昔から我一族は櫨弓を手に握り持ち、真鹿児矢（元々は鹿を打つ矢）を脇にかかえて、大久米部の勇敢な部下を先頭に立て、靫（矢鞘）を背に山河の岩を踏み分け踏み砕いて国土を求めては、ちはやぶる神々を平定し、反抗する人々をも従え、邪悪な者を一掃してお仕え申してきた。また、秋津島の大和の国の橿原の畝傍の宮には宮殿の柱を立派に立てて天下をご支配なさった皇祖の、それ以来の御位として引き継いできた大君の御代御代に隠しへだてなく、赤心を天皇に向けて極め尽くしてお仕えしてきたのである。そうした祖先代々の役目としてことばにあげて天皇が官をお授けになるわれら子孫は一層次々の見る人が語り継ぎ、聞く人が手本にするはずのものを惜しむべき清らかなその名であるよ。浅はかに思慮して（決して短気を起こさず、戦さに走ってはいけない）かりそめにも祖先の名を絶やしてはならない。大伴の名を持つ丈夫（ますらお）たちよ。

と語り、大伴家持（やかもち）は都を後に因幡国（いなばのくに）へ赴任するのである。天平宝字二年（７５８）六月のことです。そして、翌天平宝字三年（７５９）の正月一日に詠まれた『万葉集』最後の歌として記されました。

新しき　年の始めの　初春の　今日降る雪の　いや重け吉事（しけよごと）

（巻二十・４５１６）

この歌をもって『万葉集』としての一大歌集は終わりを告げることになり、多くのこれまでの研究者・学者は歴史的にもこの天平宝字三年（７５９）正月一日までの歴史として、片付けてしまっています。つまり『万葉集』であつかった歴史的最初の歌は「巻一・１」である第二十一代雄略天皇の時代（AD456頃）ではなく、第十六代仁徳天皇時（AD313）の「巻二・85〜90」「巻四・484」からの歌とすると約四百五十年間の歌の記録ということになります。だが、果たしてそれ以降の歌は、本当になかったのでしょうか。

家持が因幡国に左遷された天平宝字二年（758）八月、孝謙天皇は藤原仲麻呂の圧力で淳仁天皇（大炊王）に譲位、仲麻呂は光明皇太后の権威を背景に**恵美押勝**に名を改め「紫微中台」なる勝手な地位を作り独裁体制を強化しました。退位させられた孝謙上皇は、天平宝字四年（760）光明皇太后が崩御すると道鏡らと図り、淳仁天皇を非難、天平宝字七年（763）因幡守家持にも政権変革の要請を送り「恵美押勝暗殺計画」を図りますが発覚してしまいます。家持は翌天平宝字八年（764）一月さらに遠地の薩摩守に左遷となってしまいました。

ところがこの年九月「**恵美押勝の乱**」が起こるや、孝謙上皇に加担する吉備真備を筆頭に藤原氏の各家も加わった軍勢に、押勝は琵琶湖畔で斬殺されてしまいます。淳仁天皇は即廃され淡路に配流となりました。翌天平神護元年（765）を迎えた二月、家持は再び都に戻ります。孝謙上皇は重祚して称徳天皇となりますが、五年後の宝亀元年（770）八月、天皇は崩御（五十三歳）します。称徳天皇には勿論指定すべき後継者もなかったので、政権中枢では誰にすべきか大問題となり、新天皇即位に伴なう権力闘争がまたも始まりました。そこでまた頭角を現してきたのが藤原永手（房前の次男）や藤原百川（宇合の八男）らでした。彼らは白壁王（天智天皇の孫）を押し立て政治の実権を握ろうと図ります。そして白壁王を光仁天皇（第四十九代）として即位させました。時に白壁王は六十一歳の高齢でしたが天皇即位と共に、妃の井上内親王も同時に皇后となり、皇子・他戸親王も、実は多くの兄たちをさしおいて宝亀二年（７７１）十二歳で皇太子となりました。

天皇家も、天武から天智系に戻ったこともあり、天皇は穏健な政治を推進。「橘奈良麻呂の乱」や「藤原仲麻呂（恵美押勝）の乱」などの関係者を、みな許して関係者の流罪を解いたりしました。ところが、藤原一族は、皇后の出自に気付き慄然とします。井上皇后の今は亡き弟こそ、かつて藤原仲麻呂によって毒殺された「**安積親王**」だったのです。しかも皇后の産んだ他戸親王はすでに皇太子となっており、そこで、またもや藤原百川らは陰謀を企てました。かつて「長屋王の乱」まがいの常套手段、その讒言を光仁天皇に伝えました。宝亀三年（７７２）「井上皇后は光仁天皇の姉、難波内親王を呪い殺し、またわが子他戸皇太子の早期即位を願って、天皇までも呪詛している」というものでした。それを聞いた光仁天皇は即二人の地位を廃し、宇智（五條市）に流しました。そして高野新笠妃の子・山部親王（後の桓武天皇）を皇太子に立てたのでした。天皇の勅旨となれば、いかに大伴家持であっても異論を挟むことはできませんでした。

宝亀四年（７７３）宇智に流罪となっていた井上皇后と他戸親王の変死が噂として聞こえてきました。それまで家持は手を差し伸べることもできず、事すでに遅しでした。この間、家持は大宰少弐・左中弁中務大輔・正五位と昇叙しつつも『万葉集』編纂を続けており、その後、宝亀五年（７７４）に相模守兼上総守、宝亀七年（７７６）伊勢守を歴任。宝亀十一年（７８０）参議となりますが、中央政権からは疎んじられての昇叙でした。

天応元年（781）四月、山部親王が第五十代桓武天皇として即位することになりますが、家持（やかもち）は山部親王の母が百済からの渡来人であったことなどから、反対の意向を示しておりましたが、これも藤原氏の強い要望で却下され、結局桓武天皇として即位します。皇后は藤原乙牟漏（おとむろ）でその子、安殿親王が生まれますが、それが後の第五十一代・平城（へいぜい）天皇となるのです。だが、その翌年、何故か地震・飢饉の頻発する年となりました。そこに延暦元年（782）閏一月、「**氷上川継の乱**（ひかみのかわつぐ）」が起こります。実はこの氷上川継とは、天武天皇の孫・塩焼王を父に、母が安積親王（あさかしんのう）の次姉・不破（ふわ）内親王であった系譜、その子川継を擁立した一人として、家持は連座の疑いを受け現職を解任されてしまいます。そして「陸奥出羽按察（あぜち）使鎮守府将軍」として、六十五歳の老齢にも拘らず陸奥への赴任を命ぜられたのでした。

十五　あれが安積山

郡山市田村町には「大安場史跡公園」という、平成三年（1991）に発見された東北では最大の「前方後方墳（国指定史跡）」があり、その頂きから見る眺めは素晴らしいものがあります。東には阿武隈山系が連なり、西は奥羽山脈、その南西遠く霞む那須連峰が望まれ、連なる山並みの稜線を北に辿ると「高簱山（967・9m）」が真西に聳えています。

大伴家持（やかもち）が陸奥下向の際、自らその山に登り「蝦夷平定・安積三十三郷の平安」を祈願し、その頂きに鎮守神を奉じ、社殿を構築したと伝わる山です。その威光あってか、家持が陸奥国で死に至る延暦四年（785）八月まで、陸奥では一つの争いも起こらず平穏であったとされています。当社はその後、三穂田の里に移され今日に至りますが、それらは『続日本後紀』『類聚国史』に「宇奈己呂別神・延喜式内名神大社・奥州二之宮」として詳しく記されています。

高簱山からさらに北に目を移すと御霊櫃峠を経て、山脈が一端途切れる三角形の山こそ**安積山**（あさかやま）（額取山：1008・6m）です。かつて家持が、師と仰いだ葛城王（かつらぎおう）（橘諸兄（もろえ））が安積に心を寄せたその時から、五十八年目にして家持もこの地を踏んだのでした。二人の運命を感じる山といえましょう。その時から千二百三十八年経った今日です。

安積山の稜線をさらに北側に降りたその奥には「磐梯山」が霞み、さらに北へ視線を向けると「安達太良山」が悠然と裾野を延ばしています。眼下には「安積平野・郡山市街」が広がり東北新幹線が南北に貫き走るのが見えます。

いにしえの『万葉集』を編んだ**大伴家持**。その人の最晩年、遂に歩まれた奥羽山脈が、いかに重要な地であり、深い縁の「安積」という「言の葉」の重さ。平成二十年（２００８）に『万葉歌』「**あさかやまの歌**」**木簡**が発見され、その歌の発祥の地が郡山・安積であり、そこでの**葛城王**（橘諸兄）と**安積采女**との出会いから詠まれた歌がすべての始まりであったこと。また**安積皇子**（**親王**）の誕生により、**安積**の名は全国に知れわたり、憧れの地となって「歌枕」となり、後の『**古今和歌集**』『**新古今和歌集**』**の**「**序**」においては「和歌を手習う人は最初にこの歌を手本にしなさい」とまで激賞され紹介されたことなど。一方**安積親王**と**大伴家持**の運命的な出会いと絆は『万葉集』の中でも特に重要な個所であり、その悲劇の歴史的真相を秘めた歌として、紀貫之らはそのことを知った上での推奨とも読み取れます。

また歴史上で戦争に負けると生命財産はおろか名誉も功績も、さらには歴史までも消されてしまう恐ろしさがあることも知りました。特に東北は明治維新時に、また日本は昭和二十年の敗戦で、それまでのわが国また故郷の誇る歴史も、いったん全て消されてしまいました。しかし、歴史の真実は、何時の日か必ず明らかになるということも知ることができました。

「歴史は蘇った。特に東北、安積（郡山）・福島県の人々は誰よりも『万葉集』を深く思い、奈良と郡山（安積）市が姉妹都市である縁をより大切にし、かつてこの地が生んだ**安積采女**（あさかうねめ）がいかに聡明で優れた女性であり、彼女が詠んだ《あさかやまの歌》は実に『万葉集』を代表する歌となっている誇りを、是非末永く伝えて行って欲しい」と今泉正顕先生は遺しています。

さらに願うならば、東北のみならず全国の「万葉ファン」の皆様にも、また世界中の日本文学を研究されている方々にも、この『万葉集』の秘めた真相を是非知って頂き、これまでおそらくこの視点で語られることはなかった「天平時代の叙事詩」としての「あさかやまの歌」が、いかに歴史的意義を秘めた礎の歌であり、特に当時の「大仏開眼」時における聖武上皇・橘諸兄（もろえ）・大伴家持（やかもち）にとっては、八年前にあたる天平十六年（７４４）に急逝した若き**安積親王**（あさかしんのう）の面影を込めたであろう「**大仏開眼**」の盛儀を、あえて『万葉集』には残さなかった意味も、今改めて深く考えさせられる物語でありました。

わが国の誇る古典『万葉集』には、わが故郷「安積の国」「安積采女」「安積親王」、その傍証たる幾つかの発見・発掘、葛城王（かつらぎおう）（橘諸兄（もろえ））などに大伴家持の人生がありました。そしてさらに、その最後を託された家持の長子「永主（ながぬし）」によって辛うじて救われて今日に至る『万葉集』ですが、ここに、大変重大な記録がまた加わりましたことを最後にご報告させて頂きます。これこそ、わが故郷で発掘されたその大いなる魂の意義深き証であります。奥州多賀城赴任に際し父・家持と共に当地を訪れた長子・**永主**。実は大変重大な記録がこの「安積の国」で発掘されたのです。

まさに大伴家持のご長男であられた「永主」が杯した觴（さかずき）と思われる土器（直系５㎝ほどの小さな

破片）、その觴の背に記された文字こそ「**永主**（ながぬし）」その名でありました。発掘現場は福島県郡山市富久山町鳴神柿内戸遺跡（東北新幹線沿い）からのものです。専門家の見立てでは、平安時代に入ってからの地層ということですが、当時としては、その十数年以前から大事にされていた記念品として受け継がれていた可能性も考えられないではないとの見解。東征将軍としてやって来た父・家持（やかもち）の長子としての役柄で、当地を訪れた可能性は否定できず、また、この時代に「永主」という固有名詞として、はたして他に考えられるものがあったか否か。ともかく「安積の地」における『万葉集』との縁は深く、またこのめぐり合わせは単なる偶然とは言い切れない、不思議な歴史の深い縁を感じさせてくれます。

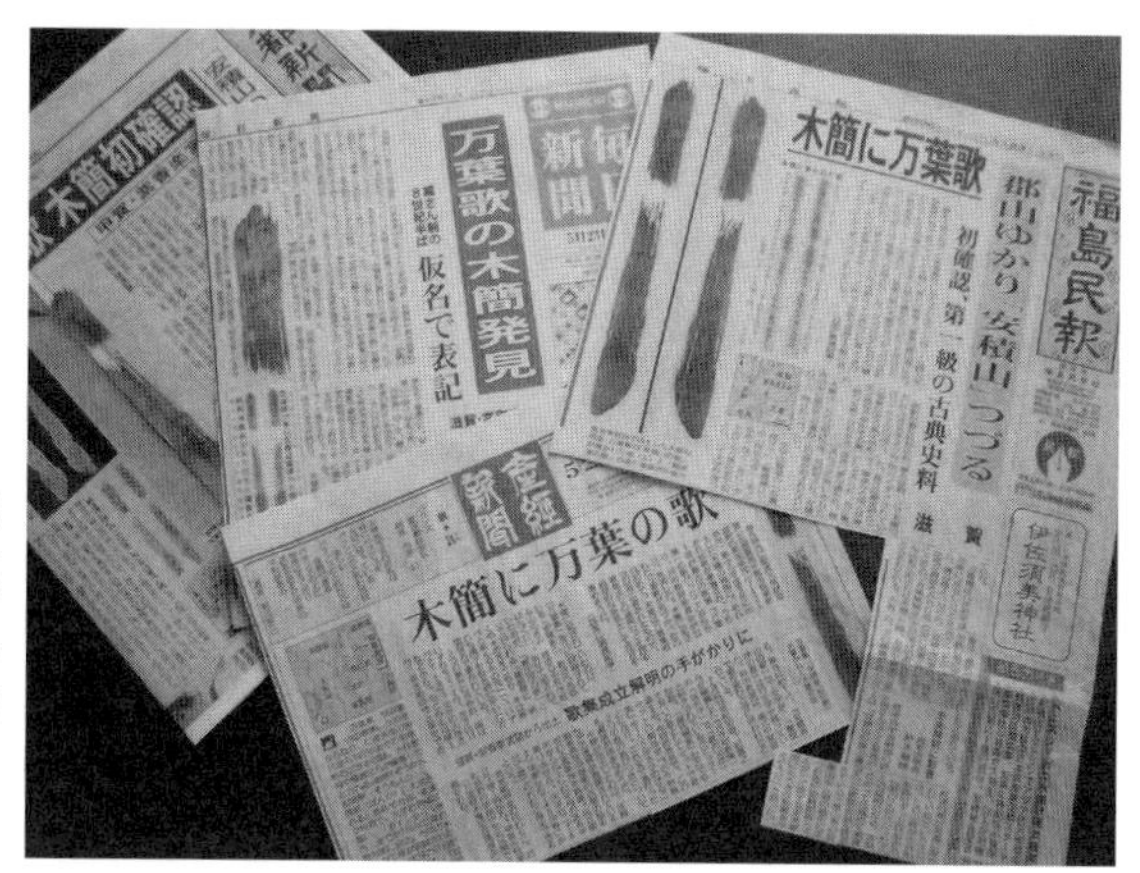

福島民報
木簡に万葉歌
郡山ゆかり「安積山」つづる
初確認、第一級の古典史料
毎日新聞
万葉歌の木簡発見
仮名で表記
産経新聞
木簡に万葉の歌
歌集成立解明の手がかりに
木簡初確認

平成20年（2008）5月23日の全国紙および地方紙朝刊一面トップで報じられた、「あさかやまの歌」木簡の発見の記事

『万葉歌』の「歌木簡」としては史上初であり、この一枚の木簡の裏表に「難波津の歌」と「阿佐可夜麻の歌」がセットで記されていて驚きであった。その最大の理由は『万葉集』が編纂され世に出る約65年前の天平15年（743）頃、当時の都・紫香楽宮にて詠じられたと推定できるその現場からの発掘であったことである。この二歌の逸話の最大の驚きは、何といっても後の勅撰和歌集である『古今和歌集』延喜14年（914）に成る、その序において紀貫之らが「和歌の父母」として絶賛していた歌だったからである。この推奨の序は、さらに鎌倉時代・元久２年（1205）の勅撰和歌集『新古今和歌集』の「真名序」にも名文をもって紹介されたものである。この文学史上の評価は想像以上に大きな意義がある。

福島民報
万葉歌の木簡視察
郡山文化協名誉会長ら 複製借り受け依頼
滋賀・甲賀
7月に写真展 郡山市
郡山文化協会
「安積山」木簡に感慨
出土の甲賀市訪問し見学

「あさかやまの歌」木簡発見の朗報に早速、発見地滋賀県甲賀市信楽町の宮町遺跡展示室を「あさかやまの歌」が詠まれた縁の地、福島県郡山市（旧・安積の国）から駆け付けた時の紹介記事

今泉正顕先生と私の記念の記事。福島県を代表する新聞社（福島民報社・福島民友新聞社）の記者も待機していて下さり、大きく取り上げて頂いた。（平成20年〈2008〉５月27日付）

安積親王の陵墓　京都府相楽郡和束町（旧・活道の山）の茶畑の頂きにある。

福島県郡山市片平町の田園から望む「安積山：別名額取山」
奥羽山脈が一旦切れる。中央右側の三角の山、標高1009m。

大安場古墳公園頂きより奥羽山脈を望む　中腹三角山が安積山（額取山）、右より奥が磐梯山。

「永主」名土器　郡山市教育委員会　財団法人郡山市文化・学び振興公社文化財調査研究センター、埋蔵文化財収蔵

跋

『万葉集』で最後に記された歌が、大伴家持（やかもち）による次の歌でした。

新しき　年の始めの　初春の　今日降る雪の　いや重け吉事

私は、現在世界中を混乱に落とし入れている「新型・変異コロナウイルス禍」の２０２１年いわゆる「令和三年お正月」のご挨拶に、次のような年賀状を送らせて頂きました。

謹賀新年　令和三年

新しい時代に入っての「令和第三年」。わが国の近代歴史は「明治・大正・昭和」の時代区分から、第二次世界大戦以降を境に、あるいは２１世紀的に「昭和・平成・令和」と呼ばれる事になるように思います。（そんな時代に生きて来た私です）

ところで、令和は国書である『萬葉集』から初めて採用されました。私はここに「新しい万葉時代」の再来を感ずる一人です。特にわが故郷で詠まれたという「あさかやま影さへ見ゆる山の井の浅きこころをわが思わなくに」巻十六３８０７に載る歌は、平成二十年の木簡発見でも大変脚光を浴びました。これは私には『万葉集』を代表する第一の歌である事を改めて強く心に留める喜びでもありました。それは勅撰和歌集である『古今和歌集』『新古今和歌集』の序に明らかなように「万葉集は和歌の源であり、あさかやまの歌は和歌の母である。手習う人は先ず当歌を手本としなさい」さらに、歌枕となった「安積の地の芳躅を是非訪ねなさい」とまで述べているからです。ここにわが故郷の誉れと愛を込めて、改めて新年のご挨拶とさせて頂きます。

皆々様にはますますご健勝で楽しい一年であられますことを。　　　一月一日

さらに、畏れ多いことではありますが、令和の御代となって今上天皇の二度目になられる「天皇誕生日二月二十三日に先立っての十九日の赤坂御所における記者会見」で天皇は次のようなお言葉を述べられました。

日本の歴史の中では、天変地異や疫病の蔓延など困難な時期が幾度もありました。これまでの歴代天皇のご事蹟をたどれば、天変地異が続く不安定な世を鎮めたいとの思いを込めて、奈良の大仏をつくられた聖武天皇、疫病の収束を願って般若心経を書写された平安時代の嵯峨天皇に始り・・（中略）その時代・時代にあって国民に寄り添うべく思いを受け継ぎ、自ら出来ることを成すよう努めてこられました。その精神は現代に通じるものがあると思います。（以下略）

とのメッセージでした。

私には「令和」というまさに『万葉集』の時代、その再来のように心に響きました。『万葉集』と私の故郷、旧・安積の国（福島県郡山市）については、先の今泉正顕先生とはかなり以前から、強いこだわりを持ってご一緒に調査・研究を続けさせて頂いてきました。勿論命題の「あさかやまの歌」がその基本・根源でありますが、それまで「わが街・郡山には歴史がない」とよく言われ、口惜しく思っていたからでもありました。特に戊辰戦争以降（※拙著『隠された郡山の戊辰戦争』平成二十年　歴史春秋社）明治政府が「安積疏水」を猪苗代湖より開通させ、それからわが街は発展したものと教えられ、さらに決定的歴史否定は、昭和二十年の終戦でした。いずれもわが故郷は敗北、戦争で負けると生命財産はおろか、それまでの歴史までも消されてしまう恐ろしさがあります。特に第二次大戦時の郡山は「軍都」としての指定都市であり、陸・海軍の軍需産業・飛行場もあり、さらに軍神として祀られていた坂上田村麻呂（さかのうえのたむらまろ）公ご神体の「田村神社」は、戦前大変な賑わいを見せておりましたが、それらは戦後いっさい無かったものとして否定され続けたのです。

勿論『万葉集』ゆかりの「あさかやまの歌」も、それまでの「郡山市歌（土井晩翠作詞・橋本國彦作曲：昭和六年）」も廃棄され、大伴家持（やかもち）同様、歴史から消されました。

しかし、近年「戦後七十五年（２０２０）」「戊辰戦後百五十年（２０１８）」も経た事から、戦前までわが国が伝えてきた、それまでの歴史検証が再検討されるべき時代を迎え、また新しい発見もありました。そして、平成三十一年（２０１９）四月、次世代元号「令和」が発表され、同年五月一日より「平成」から「**令和**」の時代を迎えました。

折しもこの間、私たちは、特に「あさかやまの歌・木簡発見・発表」平成二十年（２００８）以前の平成十八年（２００６）今泉正顕先生と私は、共通のテーマで『万葉集』編纂者とされる「大伴家持（やかもち）」に関した調べを進めておりました。その頃の先生の原稿が前段に設けました一書です。今日では遺稿となってしまいましたが「知られざる悲劇の万葉歌人・大伴家持　―なぜ、歌を忘れた歌人になったのか―」です。この稿、推敲過程の平成二十年五月「木簡発見」の報が入り、私たちは大きな喜びをもって、かの滋賀県甲賀市信楽町に向かったのでした。そして一連の行事を終えた翌年、先生は平成二十一年（２００９）九月二十八日（安積国造神社・秋の祭礼の中日）八十三歳の生涯を閉じられたのです。この翌月小生の『安積　あさかの国が出来たころ』（歴史春秋社）が発刊となりますが、先生に完成本を御覧頂くことができませんでした。しかし、文末に当書を捧げさせて戴く旨を丁重に記させて頂いた次第です。さらに十年を経た、平成三十年（２０１８）十月二十日、木簡発見者で大阪歴史博物館館長である「栄原永遠男（とわお）先生」をお迎えしての大講演会を「安積歴史博物館（国重要文化財・旧安積中学高校本館）」において開催することができました。またそれを記念して、安積国造神社・大鳥居脇に記念碑を建立（冒頭写真）、折しもこの年は「大伴家持生誕一千三百年」にあたっており、「木簡発見十周年記念」と並び意義深い記念碑となりました。今泉先生亡き後、特に私には大変幸運な理解者また支援者である「安積歴史塾」塾長の平川真理子氏、大方の運営を積極的に進めて下さった「安積国造神社」宮司・安藤智重氏とは、栄原先生をお招きするにあたって、ご一緒に大阪および奈良・滋賀県甲賀市・「安積親王（あさかしんのう）の眠る」京都府相楽郡和束町の陵墓を共に訪問し、その後の歴史検証にも大変豊かなご協力を得ることができました。何より栄原永遠男（とわお）先生あっての「あさかやまの歌」に帰する当書でありますが、ここに改めて安藤・平川両氏にこころより厚く御礼と感謝を申し上げます。勿論、当書発刊にあたりましては、これまでも多くのご支援ご指導を頂いた郡山文化協会・前会長の大槻順一氏、現会長・福内浩明氏、顧問の星亮一先生、そして何より歴史春秋社の阿部隆一社長、植村圭子女史、担当の渡部さとみさん、スタッフ皆様の多大なご尽力により無事出版の運びとなりましたことをここに改めて深く感謝と御礼を申し上げます。

令和三年（２０２１）七月吉日

七海皓奘

参考資料

『萬葉集　全訳注原文付』中西進　講談社　昭和五十九年版
『大伴家持と万葉集』なかのげんご　花神社　二〇〇一年版
『万葉歌木簡を追う』栄原永遠男著　和泉書院　二〇一一年版
『よみがえらそう紫香楽の宮』栄原永遠男　甲賀市教育委員会　令和三年
『令和の力、万葉集の力』中西進著　短歌研究社　二〇一九年版
新潮日本古典集成『万葉集一〜五』青木生子他　新潮社　昭和五十一年
新潮日本古典集成『古今和歌集』奥村恆哉校注　新潮社　昭和五十三年
新潮日本古典集成『新古今和歌集上下』久保田淳　新潮社　昭和五十四年
『万葉集をつくった男』篠崎紘一　角川文庫　令和元年五月
『国文学』記紀　万葉の謎　學燈社　昭和五十五年十一月号
『万葉集の考古学』森　浩一編　筑摩書房　一九一八年
『橘諸兄』（人物叢書）中村順昭　吉川弘文館　二〇一九年
『聖武天皇と紫香楽宮』栄原永遠男　敬文舎　二〇一四年
『あさかやま木簡に関する基礎的検討』栄原永遠男（『木簡研究』31）
『大伴旅人・家持とその時代』木本好信　桜楓社　一九九三年
『聖武天皇と紫香楽宮の時代』小笠原好彦　新日本出版社　二〇〇二年
『大伴家持』北山茂夫　（平凡社ライブラリー）平凡社　二〇〇九年
『最後の女帝　孝謙天皇』（歴史文化ライブラリー）瀧浪貞子　吉川弘文館　一九九八年
『清水台遺跡と古代の郡山』（郡山市遺跡ガイドブック）郡山市教育委員会
『万葉集』（岩波文庫）岩波書店　一九九八・一九七三年
『安積親王の死とその前後』横田健一（白鳳天平の世界）創元社　一九五九年
『安積　あさかの国が出来た頃』七海晧奘他　歴史春秋社　二〇〇九年

協力機関

郡山市および郡山市教育委員会
財団法人郡山市文化学び振興公社文化財団調査研究センター
今泉家・郡山第一ビル
郡山商工会議所（女性会・青年部）
安積国造神社
甲賀市教育委員会
大阪歴史博物館
福島民報社
福島民友新聞社
郡山文化協会
安積歴史博物館（旧・福島県立安積中学高等学校本館）

追伸『万葉集』また「大伴家持」に関する参考資料にあたっては、他にも沢山ありましたが、私の場合約三十冊購入した著書を含め、「福島県立図書館」「郡山市立図書館」さらには今日のインターネットによる検索などで閲覧・借用した資料は知る範囲で著者三百数十名、書籍二千冊におよびます。しかし、正直なところ私には到底、それら全てに目を通すことはできず、かなり怠慢失礼な認識での当書となってしまいました。誠に恥ずかしくお詫びのしようもありません。この中には、実際に大変参考になり、借用させて頂いた文面も多数見受けられると存じます。当然ご紹介また掲載させて頂くべき著者ならびに著書が数多くありますのに、私の資性凡愚に加え忘恩の欠如による失礼を何とぞお許し下さり、以下のご案内削除の非礼をここに改めて深くお詫び申し上げます。

【著者編者】 七海 晧奘 （ななうみ　こうそう）

【略　歴】

1942（昭和17年） 東京・杉並生まれ。 ※２歳時、空襲を予知したと話題に?

1944（昭和19年） 12月19日、両親の故郷、郡山に疎開。

1945（昭和20年） ８月15日、終戦の詔書。翌、昭和21年５月、父死去。

1961（昭和36年） 県立安積高校卒、電電公社（現ＮＴＴ）入社。

1974（昭和49年） 佐藤三郎氏らと「**ワンステップフェスティバル**」企画・開催。
※市制50周年記念として「全国初の野外大ロックコンサート」を開催し大問題となる。
1984（昭和59年） 「安積歴史博物館」創立80周年、作画『軍事工場』収蔵。

1985（昭和60年） 電電公社からＮＴＴへ。三春－郡山（法人営業）白河局勤務。

1999（平成11年） 「**特殊回線の総合受付台**」発明特許（特許権東西ＮＴＴ）。
※この間、海外出張含めヨーロッパ諸国、ロシア、中国、中東、エジプトなどを巡る。
2001（平成13年） 『**郡山市における静御前物語**』国立国会図書館ＮＤＣ登録。

2002（平成14年） ＮＴＴ退社、モンゴル、東欧旅行。義経・成吉思汗の研究。

2003（平成15年） 「静御前通り」名称決定。**今泉正顕**先生と国内旅行。

2004（平成16年） 『**ボルテ・チノ　－真義経記－**』（歴史春秋社）出版。

2005（平成17年） 「静御前堂」奉賛会、鎌倉・鶴岡八幡宮に「静桜植樹」奉納。
※同時に「郡山商工会議所・創立50年記念」として花柳壽美雄氏『静舞』奉納。
※NHK大河ドラマ『義経』放映、静御前伝説地説明役でTV出演、美女池など案内。
2008（平成20年） 『**隠された郡山の戊辰戦争**』（歴史春秋社）出版、北東文芸奨励賞受賞。
※５月22日『萬葉集』「あさかやまの歌」木簡発見のニュース入る。
５月26日 発掘地の滋賀県甲賀市信楽町の紫香楽宮跡に今泉先生と視察同行。
６月15日 鎌倉・山波言太郎先生による「義経と静の会」設立、同顧問に。
会機関誌『**ボルテ・チノ　日本の心**』創刊（義経に因み九号、2012まで）
2009（平成21年） ９月28日今泉正顕先生逝去。「安積歴史塾」星亮一先生らと設立。
※『**安積　－あさかの国が出来たころ－**』（歴史春秋社）出版。**絵画個展**10回ほど。
※『二本松少年隊のすべて』星亮一編（新人物往来社）「**二本松藩と郡山**」執筆。
2011（平成23年） ３月11日午後２時46分　マグニチュード9.0「東日本大地震」発生。
※さらに「東京電力・福島原子力発電所」の「原発事故」発生、避難者147万人。
2013（平成25年）『**CosmicOnly　－宇宙にたった一つの命－**』出版、北東文芸正賞受賞。

2015（平成27年）『**自分史の手引き書**（1940 ～ 2015）』編纂（歴史春秋社）出版。

2017（平成29年） ９月20日よりfacebookにて**【わたしの万葉論】**掲載開始。

2019（令和元年） ５月１日をもって、わが国元号は「平成から令和」へ。

2021（令和３年）『**安積采女と万葉集**』（歴史春秋社）出版（故今泉正顕先生共書）。

【現　在】

全国歴史研究会（本部正会員） 郡山文化協会理事 安積歴史塾理事
福島県美術家連盟会員 福島県南美術協会（副会長） 郡山市美術館友の会理事
郡山市地方史研究会（守山史談会）会員 大安場史跡公園ボランティア会員

【現住所】 〒963-0723 福島県郡山市田村町桜ヶ丘2-256

安積采女と万葉集

令和３年８月５日　初版発行

著　者　七海　晧奘

発行者　阿部　隆一

発行所　歴史春秋出版株式会社
〒965-0842
福島県会津若松市門田町中野大道東８－１
電話　0242-26-6567

印　刷　北日本印刷株式会社